おしかけダブルアイドル
DOUBLE IDOLS COME HERE!
小説 筆祭競介
挿絵 あいざわひろし

## 登場人物紹介
Characters

アタシはね。
芸能界で天下を取るつもりなの。

**獅子堂璃乃《ししどうりの》**
**（芸名：小春風《こはるかぜ》りの）**

高階家におしかけてきたアイドル。本当は強気でツンな性格なのに、事務所に清純派のキャラを押しつけられているため、逃げてきた。

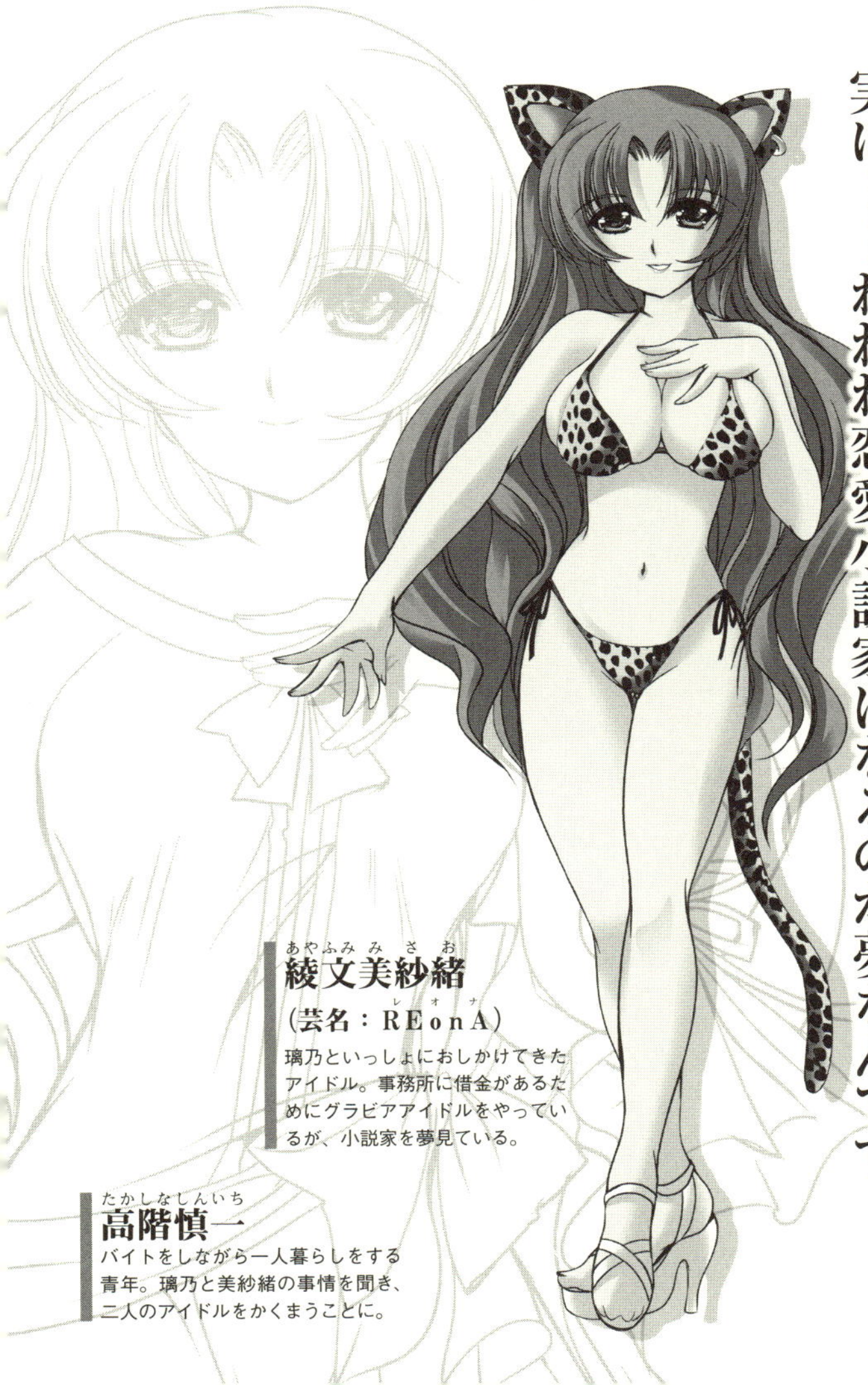

実は……れれれ恋愛小説家になるのが夢なんです。

**綾文美紗緒《あやふみみさお》**

**（芸名：REonA《レオナ》）**

璃乃といっしょにおしかけてきたアイドル。事務所に借金があるためにグラビアアイドルをやっているが、小説家を夢見ている。

**高階慎一《たかしなしんいち》**

バイトをしながら一人暮らしをする青年。璃乃と美紗緒の事情を聞き、二人のアイドルをかくまうことに。

# 序章　扉を開けばダブルアイドル!?

高階《たかしな》慎一《しんいち》がコンビニ弁当での晩飯を終え、爪楊枝で口の中をシーシーしていた時である。

ピンポーン、と家の呼び鈴が鳴った。

「……誰だ、こんな時間に」

現在、両親は仕事の関係で海外赴任中。一戸建ての家で男は一人暮らしをしていた。

ちなみに慎一は歳は十九で、中肉中背。

容姿は可もなく不可もなくと言ったところ。

高校卒業後はバイトの掛け持ちで生計を立てている。

友達は皆そのことをよく知っているので、こんな夜中でも在宅している保証はなく、いきなり訪ねてくる奴はいないはず。

慎一は満腹になった腹を軽くさすりながら玄関に向かい「どちらさん？」と扉を開けた。

「…………ふへっ？」

食後の満腹感で眠そうにトロンとしていた半眼が丸く大きく見開かれた。咥えていた爪楊枝も、口をぱかっと開いたために足元に落っこちる。

女が二人立っていた。そして彼女たちの後ろには大きな鞄が一つずつ置かれている。

まず向かって左にいるのは、長い赤髪のサラサラストレート。

身長は慎一よりもかなり低いのに、小さな顔と細くスラリとした身体付き、加えてその長い手足の相乗効果でやけに背が高く見える。

そんな日本人離れした八頭身ボディに乗っているのは、見覚えのある純和風の美少女顔。

(こ、こはる……かぜ…………りの？)

名前はよく知っている。しかし、顔見知りの相手ではない。

小春風《こはるかぜ》りの――。

現在、ドラマやバラエティ番組などで活躍している人気急上昇中のアイドルだ。

テレビの中で見る彼女は、常に清楚な佇まいで言葉も少なくとても控え目。

ルックスも言動も、今時珍しいとてもお淑やかな清純派アイドルである。

(でも、なんかテレビとちょっと雰囲気が違う感じがするぞ？)

スレンダーな身体のラインが浮き出るタイトなカットソーにジャケットを羽織り、膝上ミニスカートと黒ニーソ――お淑やかさを全く感じさせないコーディネートだ。

加えて清純派アイドルの象徴とも言うべき黒髪ロングストレートが、今はド派手な赤色に染められている。

それでも他人の空似ではあるまい。

(こんな美人……そんなに何人もいるわけねーよな……)

とにかく相手は掛け値なしの有名人。

芸能界にもアイドルにも人並みにしか興味のない、至って普通の一般人である慎一が服の雰囲気や髪色が違っても、顔を見てすぐに名前が思い浮かぶのだから間違いない。

（そ、それにしても……生で見るとやっぱり、すげえ……）

テレビ画面の中の彼女を見ても「キレーな子だなぁ」と溜め息が漏れるほどだった。

しかし実際に本人を目の前にすると息が止まる。

そよ風が吹いただけで、サラサラと雅な効果音が聞こえてきそうなしなやかな髪。

生まれてこの方、日に焼いたことがないんじゃないかと思えるほどの白い肌。

黒目がちな切れ長の瞳と、そこだけ欧米人並みに高く通った鼻筋。

桜の花びらを芸術の妖精が細心の注意を払って選び抜いたような唇。

その一つ一つが、まるで美貌の方程式を解き明かしたような絶妙のバランスで、一つの顔に集約されている。

その美しさは圧倒的だった。

「…………」

慎一はどれほどリアル『小春風りの』に見入っていたか。

止まっていた自意識の秒針がカチッと進んで視線を右に移し——また止まる。

そこに立っていたのは、腰まで届くふんわり栗毛のウェーブヘア。

こちらに向いている美貌もやはり、知り合いではないのによく知っているものだった。

最近デビューしたばかりのセクシー系グラビアアイドルである。

（レ、レレレレレ——ＲＥｏｎＡ《レオナ》！）

小春風りのに比べれば、世間的な知名度はほとんどない。おそらく若い男性層以外に訊ねても名前が出てくることはまずないだろう。

少なくとも慎一は、一度も彼女をテレビで見たことがなかった。

しかし、自分にとっては小春風りのよりも余程、身近な存在である。

なにしろ目の前のグラビアアイドルには——。

（……毎晩、お世話になってるからな……）

今まで値の張る写真集など買ったことのなかった慎一が、彼女のファースト写真集を本屋で見かけた時は、思わず手に取りそのままレジに並んでしまったのだ。

ＲＥｏｎＡとは、それ以降のお付き合いである。

ちなみに写真集のタイトルは、彼女の名前と同じく『ＲＥｏｎＡ』。

表紙は、日本人離れしたグラマーボディを豹柄水着に包み、栗毛頭に豹耳を乗せ、剥き出しの白い喉に赤首輪まで嵌めた姿を披露。挑発的な視線を正面に向けて、ぷるんと厚みのあるセクシーリップに妖艶な笑みまで浮かべていた。

その帯に躍っていた煽り文句は——、

『草食系でもケダモノにｏｎする《変える》肉食ボディ』

『女豹のＲＥｏｎＡを飼ってみる？』

草食系ではないけれど、ケダモノスイッチがオンになった。

煽られるまま女豹のＲＥｏｎＡを飼《買》っていた。

（ほ、ほほ本物だ……本物のＲＥｏｎＡだ！）

世間的な知名度が遥かに上な清純派アイドルを認識した時よりも、明らかにテンションが高くなっていた。

（うわぁ……うわわわぁ……）

身長は隣にいる小春風りのと変わらない。

しかし清純派アイドルとはそのボディラインがまるで違う。

あのＲＥｏｎＡにしてはやけに大人しいデザインの、ふんわりとしたワンピースを着ている。が、それだけに脳内に焼きついている彼女のナイスボディが透けて見えるようで、男の妄想を掻き立てた。

（胸デカ！　リアルＲＥｏｎＡの胸チョーでけえ！）

中でもやはり視線が向くのは、その圧倒的な存在感を誇るビッグバスト。

身体のラインが目立たない服を着ていても、その特大サイズは隠せない。

（一体どんなブラ着けてんのかなぁ。やっぱ豹柄か？　それとも黒のスケスケか？　なんにしろエロくてセクシーな奴だろーなぁ。まー、こんだけデカけりゃ特注品なのは間違いない。くぅー！　生でＲＥｏｎＡのランジェリー姿が見てみてえ！）

彼女を毎晩オカズにしているだけに、慎一はかなりの巨乳好き。

小春風りのを認識した時はその圧倒的な美に言葉を失い思考が停止したが、ＲＥｏｎＡの場合は逆に若い妄想が止まらなくなる。

（しかし、なんなのこのおっぱいの厚みは？　二つ並んだ丸い膨らみが、縦も横も凄すぎるんですけど！　超立体３Ｄなんですけど！　ああぁっ！　あの谷間に顔を丸ごとムニュッて埋めて、ほっぺたで思いっきりおっぱいをブルブルさせてえっ！）

リアルＲＥｏｎＡの（おっぱいの）存在感は半端なかった。

自分が舐めるように見尽くした写真集では、バストに関してだけでも彼女の魅力を半分も伝えていないことを思い知らされる。

「…………」

慎一はいきなり現れたダブルアイドルのルックスに、ただただうっとりと見とれた。

なぜこの二人が目の前に、という当然すぎる疑問すら浮かばない。

（小春風りのがブレイクしたドラマ、俺も毎週見てたんだよなぁ。あの巫女さん姿、チョー綺麗だった。清楚でお淑やかなりのちゃんにピッタリでさぁ。

ＲＥｏｎＡも早くテレビに出ないかなぁ。もちろん、深夜枠のお色気番組で。あー。でも、イケメン若手俳優とかをＲＥｏｎＡがエロ誘惑するとか、そーいうのはめちゃ見たいけど、ＲＥｏｎＡファンとしては見たくねーかも）

慎一は一人でニヤニヤしたり「う～む」と悩んだり忙しい。

と、そんな男に対しアイドル二人は小首を傾げ、顔を見あわせてから口を開く。

「今日からアタシたち、この家で世話になるからよろしくね」

一人は両手を偉そうに腰に当てて、なぜか顎をツンと反らしながらの仁王立ち。

「ご迷惑をおかけしますが、どうかよろしくお願いいたします」

そしてもう一人はとてもお淑やかな声色で、礼儀正しく深々と頭を下げてきた。

「……あぁっ？」

直後、慎一の口からは、どもった呻き声が漏れる。

二人のセリフに驚いたわけではない。

いや、その言葉の意味を理解する前に、目に飛び込んできた映像が脳内で激しい不協和音を奏でたのだ。

「ちょっと。いつまでもアタシたちにボケッと見とれてないで、なんとか言いなさいよ」

そう言ったのは、清楚で可憐でお淑やかな『清純派アイドル』小春凪りの。

「初めてお目にかかる方に、突然、このようなお願いをして本当に申し訳ありません」

恐縮しきって再び深く頭を下げたのは『セクシーグラビアアイドル』ＲＥｏｎＡ。

「えっ？　ええっ？」

なんなんだコレ？　なんかおかしくね？

それは以前、クリスマス当日にお菓子屋で臨時バイトをしていた際、お寺の住職がクリスマスケーキを買いにきた時の違和感によく似ていた。

「リアクションの薄い男ねー。とりあえず家に入れてもらうわよ。ほら、中に入ろ」

「あ、あの……夜分遅くに、し、失礼いたします」

小春風りのが慎一の肩を押すようにして玄関に押し入り、彼女に手を引かれたＲＥｏｎＡが頭を下げながら目の前を通り過ぎていく。

その際、清純派アイドルの赤髪がサラサラと揺れ、セクシーグラビアアイドルの胸が直線距離僅か数十センチのところで重たげにタプタプと弾んだ。

「へー。けっこーいいカンジじゃない。気に入ったわ。あー、アンタ。外に置いたままのアタシたちの荷物、中に運んどいてちょーだい」

勝手に家に上がり込み無遠慮にキョロキョロと中を見渡す小春風りの。

その脱ぎ散らかした靴を、姿勢よく床に両膝をつき綺麗に揃え直しているＲＥｏｎＡ。

慎一の肩には確かに押された感触が残り、鼻先には甘く優しい香りが漂っている。

その時、やっと実感した。

これは夢じゃない。

「……え？」


よく知っているのに見ず知らずのアイドル二人が、一人暮らしの我が家に上がっている。

しかも彼女たちの性格は、自分のイメージとあまりにかけ離れていた。

なんで清純派アイドルの『小春凪りの』が高飛車なツンキャラ？

なんで肉食ボディで女豹な『ＲＥｏｎＡ』がお淑やか？

そもそも、なんで家のドアを開けたらいきなりこのアイドル二人？

なんで？　なんで？　なぜ？　なぜなぜなぜ？

？？？？？？？？？　――「？　ええっ？　ええええぇぇぇぇぇぇぇぇぇぇぇぇぇ!?」

慎一は大変遅ればせながら驚きの絶叫を上げていた。

# 第一章　ホントはツンな清純派アイドル

「ち、ちちちちちちょっと待てぇっ！」

慎一は我に返ると、いきなり家におしかけてきたアイドル二人に詰め寄った。

ＲＥｏｎＡの方はビクっと身体を硬直させたが、そんな彼女を庇うように小春風りのが胸を張るようにして立ち塞がる。

自分より背が低い相手なのに、その完璧に整った美貌でギンと睨み上げられると、嫌でも圧倒されてしまう。

しかし、いきなり家に上がり込んだ見ず知らずの他人を（違った意味で、よく知ってはいるが）ハイそうですか、と受け入れるわけにはいかない。

「な、なんなんだよお前ら一体。なんだよこれ？　——そ、そうか。ドッキリかなんかだな？　どこにカメラが隠してあるんだ？」

男は慌てて家の外をキョロキョロと見回した。

「違うわよ。カメラが回ってたら、こんな態度とんないわよ。一応、今はまだ清純派で売ってんだから。髪だって黒く染めてないでしょ」

慎一は思わず目を剥いた。

清純派で売ってる。髪を黒く染めている。

確かにそう言った。小春風りのがぶっちゃけた。

つまり普段自分がテレビで見ているお淑やかな態度は演技で、今目の前で偉そうにしているこれが本性なのか。

タレントには多かれ少なかれ、このような表の顔と裏の顔があることは誰でも薄々感づいていると思う。ブリっ子アイドルが、カメラが止まると途端に態度が悪くなるというシチュは、お笑いコントなどでよくネタにされている。

まさにアレだ。ある意味、王道。

しかし現実にこうして目にすると、そのインパクトは想像以上に強烈だった。偉そうな態度を取っていてなお、爽やかな透明感漂う美貌をしているだけになおさらである。

ただ僅かに違和感があったのは、彼女が「清純派で売ってんだから」と言った際の忌々しげな吐き捨てるような口調だ。

この手のキャラが同様のセリフを言う時は、相手を小馬鹿にするようなイメージがある。騙されたアンタたちが悪いんでしょ、的な。

しかし彼女の口ぶりからは、そんな印象は受けなかった。

「と、とにかく家から出てってくれよ。いくら有名人だからって、知り合いでもない奴をいきなり家に上げる気はねえよ」

当然すぎる慎一の抗議に対し、小春風りのの片方の眉がピクンと跳ね上がった。

「アンタ。アタシが誰なのかわかんないの？」

「だ、誰って……その…………こ、小春風りの……だろ？」

さらに片方の眉がピクンピクンと二度ほど大きく跳ねる。

むっつりと唇を尖らせて、なにやら異様に不機嫌そうな表情だ。

そのまま数瞬、慎一と睨みあうような格好になった。ちなみに彼女の背後では、ＲＥｏｎＡが対峙している二人を不安そうにジッと見ている。

「ふん。しょうがないわね」

先に視線を逸らしたのは小春風りのの方だった。しかし、それはこの家から出ていくことに同意したわけではないようだ。

「立ち話もなんだし、座って事情を説明してあげる。――その奥がリビングね」

覆面清純派アイドルは大儀そうに横髪を片手で払うと、家の奥に向かって歩きはじめた。

「……お、おい」

そうではなくって、そもそも俺はお前がこの家に上がることだって許可してねーんだぞ。

と、無意識に片手を上げて、遠ざかっていく背中に伸ばしかけた時である。

いきなり小春風りのが振り返り、こちらの眉間を打ち抜くように右手の人差し指をビシッと突きつけてきた。

「あとね。プライベートの時にそのこっ恥ずかしい芸名で呼ばないで。アタシには獅子堂《しどう》璃乃《りの》っていう、立派な名前があるんだから」

（し、しししししどう、りの？）

なんにでも傲然と噛みついていきそうなその本名は、目の前のクソ生意気な高飛車娘にピッタリだった。が、それだけに清楚で可憐でお淑やかな清純派アイドルには似つかわしくない名前とも言える。

「わかったわね」

小春風りの——本名、獅子堂璃乃の迫力に押されてコクッと頷く。

それに満足したのか、偽りのブリっ子アイドルは、再び「フン」と横髪を払い、隣で肩身を狭そうにしているＲＥｏｎＡを連れリビングに向かっていった。

その際、ブツブツと呟く声がかろうじて慎一の耳まで届く。

「……なによ小春風りの、って。このロリロリ感満点な芸名は。今はよくても三十超えたらイタすぎるわよ。ったくウチの事務所は目先のことしか考えてないんだから。アタシ将来、自分の冠番組を持って、芸能界のご意見番になるつもりなのよ。なのに、この芸名じゃなに言っても『プッ』よ。お前が言うな、よ。ったく——」

そして延々と続きそうな恨みごとを口にしながら、奥の部屋へと消えいきざま——。

「なにボーッと突っ立ってんのよ。アンタもさっさとついて来なさい。あー、外に置いたままのアタシたちの荷物、家の中に入れとくのも忘れるんじゃないわよ」

あまりに一方的な璃乃の言動に、唖然としていた慎一はハッと我に返った。

「だから、勝手に家に上がり込むなって言ってんだろが！」

※

高階家のリビングで慎一は椅子に座り、同じく椅子に座っているアイドル二人と向かいあっていた。

この現状に納得しているわけではない。

しかし、家から追い出そうとしても獅子堂璃乃が聞く耳を持たず、結局、彼女たちの話を聞くこととなってしまった。

ちなみに二人が座っている場所は、現在海外赴任をしている両親の席である。

「で？　なんなんだ一体？　なんでお前みたいな有名人がいきなりウチに来た？」

慎一は机を挟んで向かいあい、偉そうに脚と腕を組んでいる獅子堂璃乃に訊ねた。

誰がどう見ても、イニシアチブを取っているのはこちらの方だったからだ。

「事務所を飛び出してきたのよ」

「事務所、ってのはその、なんつーんだ、アイドルとかタレントとかが所属する芸能事務所のことだな？」

「当たり前じゃない。アタシたちが電卓ピコピコするようなフツーの事務所から飛び出してくるわけないでしょーが」

いちいちトゲのある言い方しかできない奴である。

しかし、それに毎回突っ込みを入れていては話が進まない。

とりあえず、こいつはこーいうキャラなんだと割り切ることにした。

「だから、その芸能事務所を飛び出したアイドルが、なんでウチに来るんだっつー話だよ。ここじゃなくって自分の家に帰ればいいだろ」

あまりに正論。あまりに真っ当な意見。

反論できるもんならしてみろ、という顔で生意気アイドルを睨んでやった。

「あ、あの……」

するとそれまで璃乃の隣で、文字通り肩身を狭くして縮こまっていたセクシーグラビアアイドルが口を開いた。

「正確には私たち、所属事務所が所有している若手タレント用のマンションから、高階さんを頼って出てきたんです」

「は、はあ。そーなんすか……」

璃乃と比べあまりに対照的な丁寧な口調に対し、男は気の抜けた返事しかできなかった。

こんな態度を取られると、相手がとびっきりの美人なだけに（しかもとびっきりおっぱいがデカイ）こちらの態度も軟化してしまう。

しかし慎一の気の抜けたようなリアクションを別の意味に取ったのか、ＲＥｏｎＡは慌てたように言葉を続けた。

「あ、あの、ご存じないとは思いますが、私も一応、璃乃さんと同じ芸能事務所に所属しているタレントなんです」

知ってます。よ～く知ってます。

あなたの左のお尻の下に、黒子《ほくろ》が二つ並んでいることまで知ってます。

しかしいくらそれが職業とはいえ、本人を目の前にアナタのエッチな写真集を持ってますとは言いにくい。

いや、写真集のイメージ通りの肉食系で、女豹のＲＥｏｎＡを飼ってみる？　という感じの人ならば、軽いノリでカミングアウトできるのだが、この生真面目っぽいキャラでは言い出しにくい。

「ちなみに私、綾文美紗緒《あやふみみさお》って言います。あいさつが遅れて失礼しました」

「あ、あやふみ……みさお？」

この純日本人的な名前が彼女の本名？

（マジかよ……）

あの『草食系でもケダモノにｏｎする肉食ボディ』なＲＥｏｎＡの本名が、女の貞操を意味する「みさお」だったとは……。

その日本人離れをしたグラマーな身体から、外人かあるいはハーフの類いで『ＲＥｏｎＡ』というのも（アルファベットの大文字、小文字が混じっているのはともかく）本名だと思っていた。

テレビなどの映像メディアに出てこないのも、日本語が不自由なためだと漠然と想像していたぐらいである。

しかし実際にこうして目の前にすると印象がまるで違う。

少なくともこの場にいる三人の中で、最も美しい言葉遣いをしているのは彼女だ。

（てか、同年代でこんなにお淑やかな喋り方をする人初めて見たかも）

言葉遣いだけではない。

その口調からちょっとした所作に至るまで、なにもかもが控え目でお淑やかなのだ。

「……あ、あの……。ほ、本当に……ＲＥｏｎＡですか？」

「えっ⁉　わ、私をご存じなんですか？」

するとＲＥｏｎＡは——綾文美紗緒さんは、急に顔を真っ赤にしてモジモジしはじめた。

どうやらグラビアアイドル『ＲＥｏｎＡ』であることを知られているのが、とてつもなく恥ずかしいらしい。つまりはそういう性格の人のようだ。

その万事控え目な物腰から丁寧な言葉遣いに至るまで、テレビの中で見ていた清純派アイドル『小春凪りの』よりも、さらに磨きのかかった大和撫子である。

無論、現実の獅子堂璃乃とは比べるまでもない。

（この二人……見た目と中身が完全に逆だな……）

それが現時点での二人に対する率直な感想だった。

「あ、あの……は、はい……。そ、その、あの……れ、れお……な、って芸名でお仕事をさせていただいてます」

そんなに顔を赤くしながら上目遣いでチラ見されると、こちらまで恥ずかしくなってくるじゃないか。

「なんか実際に会うとＲＥｏｎＡって感じじゃないっすよね？」

思わず慎一まで慣れない敬語になってしまう。

「……あ、あの……それは璃乃さんのケースと一緒で、事務所の人が私の見た目に合わせて付けてくれた芸名で、あ、あの……ふみゃぁー。どえだけにゃぁ恥ずかしいにゃもぉ」

「えっ？　ど、どえ？　ＲＥｏ……じゃなくって、綾文さんは地方出身の人っすか？」

「あ、は、はい……実家は三河《みかわ》の方で――」

すると突然、実はお淑やかなセクシーアイドルの喋りを、実はツンで高飛車な清純派アイドルが遮った。

「そこまでよ美紗緒ちゃん。これ以上、詳しい個人情報を教えると、このアイドルオタク、なにをしでかすかわかんないよ」

獅子堂璃乃がムッツリと不機嫌そうに、こちらを睨みつけてくる。

「勝手に人の家に上がり込んできておいて、なにが個人情報だ！　それと俺はアイドルオタクなんかじゃねえよ！」

「なら、なんでまだデビューしたばっかの美紗緒ちゃんを知ってんのよ」

「うっ。そ、それは……」

女豹のＲＥｏｎＡの肉食ボディにｏｎしちゃったとはさすがに言えない。お気に入りのページに開き癖がつくほど、毎晩ソロ活動をしているなんてもっと言えない。

「そ、そそそんなことより、え、えーと……」

テンパリ気味な頭を捻り、なんとか本題を思い出す。

「そ、そうだ、まずは二人がここに来た理由を言え！」

「……ふん。仕方ないわね」

璃乃が説明するには、やはり二人は所属する芸能事務所の寮を飛び出てきたとのこと。

家族や友達など、普段から接点のある人のところではすぐに事務所に見つかってしまうために、他に行くあてがない。

ホテルなどの宿泊施設に泊まるにも、まとまったお金がいる。ただ、デビュー間もない美紗緒はともかく、すでに売れている璃乃ならば経済的余裕はかなりある。

だからこそ無断外泊などができないように、事務所登録のクレジットカードを渡されていて、現金はほとんど持たされていないそうだ。もちろん、ホテルなどでカードを使えば事務所にその情報が知られてしまう。

要所要所でチラリと美紗緒に視線を向けると、璃乃の話に同意するように頷いてきた。話の内容からも、二人の態度からも、作り話をしているような雰囲気はない。

「ふーん……。自分の家とか、ホテルに泊まれないとかの理由は一応わかった。でも、なんでそれで見ず知らずのウチに来たんだ？」

「アンタ……アタシの本名聞いてもわかんないわけ？」

「……は？」

キョトンとした慎一に対し、

「っっ～～～ッッ！　ふん！」

璃乃が今までとは比較にならないほど鋭く顎をツンと反らし、不機嫌そうに唇をへの字にした。

慎一は首を傾げて視線を美紗緒に向けてみたが、彼女も詳しい事情は知らないようで首を小さく左右に振るだけだ。

「なんだよお前。……俺の知り合いなのか？」

「違うわよバカ！　アタシみたいなチョー売れっ子美少女アイドルが、アンタみたいな冴えない一般人と知り合いなわけないでしょ！」

いちいち人の感情を逆なでしないと、コミュニケーションの取れない奴である。

「知り合いなのは、アタシのパパとアンタのパパよ！」

璃乃が言うにはお互いの父親は学生時代、同じワンダーフォーゲル部に所属していて、それ以来の親友同士。それだけに、なにかあれば頼れと言われていたそうだ。

（なるほど。オヤジ絡みか……）

彼女の言う通り父親の趣味は山登りで、同じ登山仲間たちとは密度の濃い友情を育んでいた。学生時代からの仲間となれば兄弟以上の絆だろう。

「……んっ？」

そういえばまだ慎一が幼い頃、何度かハイキングレベルの山登りに連れ出されたことがある。息子に自分の趣味を伝承させせようとしたのだろうが、自分はただ疲れるだけでちっとも面白くなく、すぐに諦められた。

その際、一緒に山登りした父親の仲間にシシドウという人がいたような気がする。

「ふーむ」

話は一応納得できた。芸能事務所だって、まさかここまでは探し出せまい。

タレントの父親の学生時代の親友の家までは。しかし――。

「いや、ココに来た理由はわかったけど、今、オヤジは仕事の関係で海外でさ。今、家にはいないんだよ。だから、俺一人のこの家に来られても……」

「なによアンタ、山の男が嘘つく気！」

「……い、いや……それはオヤジの約束で……。あと俺は山の男でもないし……」

極めて真っ当なことを言っているると思うのだが、こちらを睨む璃乃の視線は緩まない。

「そ、そもそもなんで事務所から飛び出してきたんだよ。せっかく清純派アイドルで売れまくってんのによ」

「それよ！」

璃乃が目の前のテーブルをドンと叩いた。

「……は？」

「アタシはね、今のブリっ子キャラが嫌なのよ！　素の自分で仕事したいの！」

彼女が言うには、自然体でいられない今の仕事にうんざりしているにもかかわらず、キャラ変更をいつまでも事務所がさせてくれないのが不満とのこと。

だからタレント寮を飛び出してきた。いわば一種のストライキである。

「ちゃんと約束もしてたのよ！」

デビュー前に、ある程度売れれば素の自分のキャラで仕事させてくれると言っていたのにいつまでたってもそれが許されない、とのこと。

「これも演技の勉強だと思って、ずっとブリブリしてきたけど、もう我慢の限界よ！」

璃乃は再びドンと目の前のテーブルをぶっ叩く。

（うーん。この性格なら、わからんでもないが……）

それでもせっかくあんなに売れてるのに、事務所を飛び出すほどだろうか？

と慎一が違和感に首を捻った直後、璃乃がむっつりした顔で言葉を続けた。

「だって、せっかくバラエティ番組とかで程よい感じのコメントを思いついても言えないのよ！　大御所タレントが偉そうに『結局最後は正直者が成功するんだよ』とか言った時に『アンタ、ヅラなのに成功してんじゃゃん』って突っ込めないままずぅっっっと微笑んでるとか、どんな焦らし系罰ゲームよ！」

「……いや、その判断は清純派じゃなくっても間違ってねえだろ……。芸能界的に……。ってか人的に」

「ブリっ子仮面をかぶってるアタシが売れてんですけど、って喉チンコまで出かかったわ！」

「……アイドルなんだからチンコって言うな。たとえ喉でも」

「ドラマの役なら別だけど、もう嘘の自分で人前に――ファンの前に出たくないの。それで人気がなくなっても、それは単にアタシ自身にタレントとしての力がなかったってだけで、しょうがないわ」

一転して真剣になったトップアイドルの表情に、慎一は少し仰け反った。

最初はただの我儘《わがまま》だと思っていたが、それなりの覚悟はしているようだ。

そして、この話が全て本当ならば、タレント本人の意向を無視し続ける事務所にも問題があると思う。

大方、人気のある間は清純派路線で売り続ける気なのだろう。

(……それでもなぁ)

慎一の個人的な意見としては、やはり璃乃の行動は我儘だと思う。

アイドルだって社会人なんだから、無断で職場を飛び出すのはいかがなものか。

それにタレントが多少のキャラ付けするのはむしろ当たり前だと思うし、やっぱりせっかく売れてるんだから少しは大人になれとも思う。

しかし「嘘の自分でファンの前に出たくない」と言った時の真剣な表情には(ほんの少しだが)胸を打たれるものがあった。

それに本当の璃乃と、清純派アイドル『小春凪りの』との間には、『多少のキャラ付け』では済まない溝があるのも確かだ。

「うーむ……」

一応だが、璃乃の言い分には納得することにした。

慎一の顔が、次に実はお淑やかなセクシーグラビアアイドルに向けられる。

視線が合うと美紗緒は目に見えてビクっと身体を硬直させた。

「……やっぱり綾文さんも事務所のキャラ付けに納得できないからですか?」

説明されるまでもなく、彼女の性格が肉食系セクシーアイドルとは真逆なことは間違いない。

「い、いえ……あの……ち、違い……ます。あ、あの……」

すると美紗緒は深く俯いてしまった。

無口ではあるが、必要なことを喋らないような人には見えない。

よっぽど言いにくいなにかがあったようだ。

慎一は隣の璃乃に視線を向けた。しかし、こちらもむっつりと押し黙り口を開こうとしない。自分のことに関しては、聞かれてもいないことまでペラペラとよく喋ったのに。

高階家のリビングに、シーンと無言の時が暫く流れた。

その沈黙を破ったのは、璃乃の「はあっ」という深い溜め息。

そしてたっぷりと躊躇した後に、赤髪のトップアイドルが口を開く。

「…………………マクラ営業よ」

「……は?」

思ってもみなかった単語に、慎一の口から気の抜けた声が漏れた。

(ま、まくらえいぎょう? それってまさか……)

女性タレントが仕事を取るために、好きでもない男に抱かれるという、あの?

ゴシップ誌などではよく目にするが、それが本当にあったなんて。

唖然としている慎一に対し、璃乃が淡々と事情を説明しはじめる。

「美紗緒ちゃんの写真集を見た［ピーー］のお偉いさんが、自社のＣＭタレントとしてＲＥｏｎＡを使いたいって言い出したのよ。で、よく本人を知りたいから、一週間ほど別荘で個人面談したいって」

そこまで言った時である。

トップアイドルの清楚な美貌がクワっと夜叉のごとき形相となり、赤髪までもが逆立って、慎一は思わず「ひえっ」と仰け反った。

「どーしてＣＭタレントを決めるのに、別荘で一週間の泊まり込み個人面談が必要なのよ！　んで、もっと許せないのがウチの事務所よ！　いくら中堅だからって、美紗緒ちゃんを守るどころか、ずっと泊まり込んででも仕事を取ってこいってノリなのよ！」

「マ、マジかよ……」

これはさすがに酷いと思った。

璃乃の場合とは問題の質がまるで違う。

その会社ならＣＭをバンバンやっているから、テレビ局への影響力も相当大きいはず。

無論、それだけスポンサー番組も沢山あるから、美紗緒を通して太いパイプができれば、所属タレントを優先的に使ってもらうこともできるだろう。

中堅芸能事務所にとっては喉から手が出るほど欲しい取引先に違いない。

（だからってソレはないわ）

こちらの問題に関しては璃乃の場合と違い、百パーセント同意できた。

写真集から勝手に自分がイメージしていた『女豹のＲＥｏｎＡ』とはまるで違う、お淑やかな性格の美紗緒本人を知った今ならなおさらだ。

「……ウチの事務所も他のタレントなら違った対応をしたかもだけど、美紗緒ちゃんの場合はちょっと事情があって……ね」

璃乃はそれだけ言うと、隣に座る新人グラビアアイドルの手をキュッと握った。

対して美紗緒は俯いたままコクッと頷き、ずっと閉じていた口を開く。

「……私……実は親の借金の関係で……今の仕事をしてるんです」

彼女は地方の出身で、地元に世界的に有名な自動車メーカーがあることもあり、実家は小規模な部品工場を営んでいたそうだ。

が、昨今の世界的な大不況の影響で仕事が激減。

かなりの負債を抱えて会社は倒産。

その借金を今の所属事務所が肩代わりすることを条件に、グラビアアイドルとして仕事をすることになったとのことだ。

なにしろこのズバ抜けた容姿である。いくらでも金になると判断したのだろう。

そして借金のことをチラつかせれば、振られた仕事は断れないという事情もある。

つまり、大スポンサー獲得のための貢物としてはうってつけだ。

「………………」

酷い。あまりに酷すぎる。

毎晩、彼女のグラビアを見て、散々エロいことを考えシコシコしていた自分が言うのもなんだが、これは酷い。

「事情はわかりました。綾文さん。ここでよければ好きなだけ居てください」

慎一の言葉にそれまで俯き続けていた美紗緒がバッと顔を上げた。

ドキッ！

目鼻立ちのはっきりした西欧系の美貌がうっすらと頬を染め、大きな瞳に大粒の涙を浮かべている。

その表情は、今まで見た彼女のどのグラビア写真よりも綺麗に見えた。

「で、でも……私、璃乃さんと違って……高階さんにお世話になれるご縁なんて何もないんですよ？」

「今できたじゃないっすか。構いませんよ。俺でできることがあればなんでも言ってください」

「あ、あの……あ、あり……ありがとう……ございます」

震える声でそれだけ言うと、彼女の瞳に盛り上がっていた大粒の涙が決壊し頬を伝い落ちはじめた。美紗緒はすぐに両手で自分の顔を覆い、俯いたまま嗚咽を漏らしはじめる。

その小さく震える肩を、隣の璃乃が優しく抱き締めた。

「アンタも少しはいいトコあるじゃない」

彼女の呟きは今まで通りの憎まれ口だが、その美貌には優しい微笑が浮かんでいた。

「さすがに今の話を聞いたら、断れるわけねーだろうが」

慎一はなにやら気恥ずかしくなって、フンと視線を横に逸らす。

「で、なんか二人は問題を解決する目途はあるのか？　ただウチに居候してるだけじゃ、どーにもならんカンジみたいだけど」

璃乃は素の自分キャラでの芸能活動。

美紗緒は肩代わりしてもらった借金の返済。

どちらもストライキをしているだけで、クリアできる問題とは思えない。

璃乃の場合、いつまでも仕事に穴をあけていては元の清純派アイドルとしてすらも復帰は難しくなるだろうし、美紗緒に至ってはまとまったお金を稼がなくてはいけないのだからなおさらだ。

「ふふ。それにはもちろん考えがあるわよ。まず『ニュー小春凪りの』にイメージピッタリな新曲を作るの。でウチの事務所が最後までブリっ子アイドル卒業に反対するなら、その新曲をひっさげてゲリラライブよ」

「は？　し、新曲って……一体誰が作るんだよソレ……」

「もちろんアタシたち二人でよ。作詞、作曲が美紗緒ちゃんで、ヴォーカルがアタシ。美紗緒ちゃん、昔ピアノやってた人だし、文章書くのもチョー上手いんだから。もちろん曲もんで、その新曲でアタシのキャラ変更を世間にバーンとアピールすんの。もちろん曲も大ヒットして、その著作権料で美紗緒ちゃんの借金もチャラって寸法よ」

璃乃は自信満々に踏ん反り返った。

「……マ、マジかよ」

なんという一か八かの計画だ。

そもそも、そんな新曲がこの二人に作れるのか？

慎一はいきなりおしかけてきたアイドル二人の前途の多難さを思い、はぁ、と重い溜め息をついた。

※

一人暮らしだった一軒家での、アイドル二人との三人暮らしがはじまった。

ちなみに二人の歳を聞くと、璃乃が慎一よりも一つ年下の十八歳。美紗緒が一つ年上の二十歳とのことだった。つまり一番年下の璃乃が一番偉そうで、一番年上の美紗緒が一番控え目だということになる。

二人にはとりあえず、客間に寝泊まりしてもらうことにした。

そして慎一は現金をほとんど持っていない二人の生活費を賄うため、掛け持ちしているバイト先のいくつかで、多めにシフトを入れてもらうことにした。

そんなこんなで今日も長時間のバイトを終え、アイドル二人が待つ家に帰ると――。

「おかえりなさい」

エプロン姿の美紗緒が出迎えてくれた。

なぜかほんのりと頰を桃色に染め、バイト先の作業着を詰め込んだバッグを自ら手に持ってくれる。

（……こ、これはかなりイイかもしんない）

まるで新婚家庭のお出迎えだ。

しかも相手はルックスがＲＥｏｎＡで、実は清楚でお淑やかな一つ年上のお姉さん。

彼女が労をねぎらうような微笑みを浮かべてくれただけで、長時間バイトの疲れが一瞬で吹き飛ぶ。

「あの、お腹空いてると思って、ピザを用意しておきました」

「おー！　俺、大好物っすよ！」

無駄にハイテンションでそう答えていた。

しかし宅配ピザとなると、一食分の食費としては安くはないお金がかかったんじゃないだろうか？

やはり小さいとはいえ元町工場の社長令嬢で、デビューしたばかりとはいえ芸能人。

自分のような庶民とは金銭感覚にズレがあるようだ。

でもそんなの関係ない。今日は新婚初日みたいなものである。

パーっと豪勢に楽しんで、明日から財布の紐を締めてもらおう。

そう考えて食卓兼用のリビングに入った時だ。

（んっ？）

慎一はテーブルに用意されているピザを見て違和感を覚えた。

自分が稀に利用するデリバリーピザは、いかにも量産品という感じで形が真丸《まんまる》だったハズ。しかし、これは丸ではあるが多少歪んでいる。

「ひ、ひょっとして……手作りのピザを取り寄せたんですか？」

そうなると、さらに高いお金がかかったんじゃなかろうか。

慎一の質問に、美紗緒はブンブンと顔を左右に振った。

「ち、違います！　あ、あの……私が作ったんです」

「……へっ？」

手作りは手作りでも、美紗緒さんの手作り？

「家にある食材を好きに使っていいと今朝言われたので……。小麦粉と缶詰のホールトマトが沢山買い置きしてあって、ドライバジルやスパイス類も一通り揃ってましたし、オリーブオイルも普通にあったので、とりあえずピザを作ってみました。

ちなみにトッピングは冷蔵庫にあったソーセージとナチュラルチーズです。さすがにイースト菌の類いまでは見当たらなかったので、生地はハードタイプですが……」

びっくりだ。

ピザなんて家で作るものだという発想が全くなかった。なんとか菌の意味がよくわからなかったが、とにかく彼女が手作りしたことはよくわかった。

それに今言った食材しか使っていないなら、原価はたかが知れている。

自分がどうせ使わない小麦粉や缶詰の分を引けば、ほとんどタダだ。

いずれにしろ、デリバリーのピザどころか、コンビニ弁当やファーストフードなどよりも経済的なのは間違いない。

「あ、あの、とりあえず一切れ食っていいっすか？」

「もちろんです」

慎一はすでに六等分されているピザのワンピースを口に運んだ。自分が帰ってくる時間に合わせて焼き上げてくれたようで、まだできたてで充分に温かい。

(うまっ……)

生地はザックリしたハードタイプ。トマトソースのフレッシュな甘さと焼けたチーズの香ばしさに口の動きが止まらなくなる。

アッという間に一切れ平らげてしまった。

「……あ、あの……味はどうでしたか？」

「めちゃくちゃ美味いっす！」

今まで食べていた宅配ピザより遥かに美味い。

慎一の叫びに、美紗緒が両手をソッとその豊かすぎる胸元に当てて、

「よかったぁ」

とホッと溜め息。そして心の底から嬉しそうに、うふふっ、と微笑む。

ドぎんッッッ！

その光景に、心臓がデフォルメされたハート型になって今にも胸から飛び出しそうだ。

無意識にふらーと持ち上がった男の両手は、自分より小柄で一つ年上の優しくキレーでとっても家庭的なお姉さんを、思いっきり抱き締めたい願望の表れである。

（い、いかん、いかん！）

慎一はハッとすると慌てて美紗緒に背中を向けて、無意識に持ち上げた両手で自分自身をギューッと抱き締めた。

脳裏に今見たばかりの「よかったぁ」スマイルを思い出し、そのまま激しく身悶える。

「……あ、あの。どうかされたんですか？」

「いやー、そ、その……と、とりあえず、ちょっと着替えてくるっす！」

慎一はのぼせたような状態でフラフラと廊下に出た。

(なんか……すっっっごくイイかもしんない……)

彼女と一緒に生活できるなら、毎日遅くまでバイト漬けでも幸せな気がしてきた。

(朝は美紗緒さんにおはようのチューで起こしてもらって、仕事から帰ってきたら「ご飯にする？　お風呂にする？」って訊かれて「美紗緒さんにする」って答えたりして。で、美紗緒さんが恥ずかしそうに「もう、バカ」とか言ったりして――)

「でへっ。でへへへへへっ」

年上アイドルとの激甘な新婚生活を妄想し、思わず鼻の下がデレっと伸びた。

慎一はスキップでもしかねないルンルン気分で、一旦着替えるために風呂場に向かう。

一人暮らしをするようになってからは、脱いですぐに洗濯機に服や下着を放り込める脱衣所で着替えるようにしていたからだ。

「ふふん♪　ふふふふん♪」

美紗緒のことばかりを考えてすっかり忘れていた。

この家にはもう一人、居候がいたことを。

よって、脱衣所に灯りが点いていることにも、中から鼻歌が聞こえていることにも気を止めず、にやーっとだらしない笑みを浮かべたまま、ドアをガチャっと開いた。

「……ほへっ？」

まず視界に入ったのは、滝のように流れる見事な赤毛。

その深紅の流れが消えると同時に形よく盛り上がっているヒップが現れる。まるで大理石を丹念に磨き込んだような、なめらかで真っ白な女性特有の丸みだ。

続く両脚は細くて長い。その癖マネキンめいた印象は全くなく、むしろ若々しい活力を感じさせる生々しい太腿と脹脛《ふくらはぎ》が印象的。

と、慎一がそれを女の後ろ姿だと認識した直後、なだらかな白い肩がサラサラのストレートロングヘアを横に薙ぎ、その見事すぎる後ろ姿に相応しい美貌が現れる。

璃乃だ。

ちなみに振り返った胸元は長い赤髪によって隠されていた。

慎一と目線が合っても、切れ長の瞳と桜色の唇がほんの僅か開かれただけで、表情自体はニュートラルなままである。

（……コイツ、キョトンとした顔までチョー綺麗だな）

半分、思考停止状態の慎一は、純粋にそう思った。

そのまま数瞬見詰めあう。と、雪のように白かった頬が徐々に赤みを増していき、僅かに青みがかった瞳が大きく見開かれていった。

「ツッ～～～ッッ！」

ポカンと半開きになっていた璃乃の唇が、波打つように震えはじめる。

と突然、徐々に赤みを増していった彼女の顔が、ぽむっ、と湯気でもたちそうなほど真っ赤に激変。そして己の髪だけで自然と隠れていた胸元を左手で覆い、

「このドスケベ野郎！」

右手に掴んだタオルを投げてきた。

清純派アイドルはさらに右手を伸ばし、未使用の石鹸や小分けされた入浴剤まで手あたりしだい投げつけてくる。

「うわああっ！　す、すまんっ！」

男もやっと状況を認識し、慌てて脱衣所に背中を向けた。しかし――。

「このヘンタイ！　チカン！　アンタなんてこの家から出てけ！」

そう叫び璃乃が投げつけてきたプラスチック製のコップが、スコーンと後頭部に直撃し、慎一はその場に蹲《うずくま》る。

（うぅぅ～。コイツがいることすっかり忘れてたぁ～）

実は家庭的でお淑やかなセクシーグラビアアイドルと、実は強気で高飛車な清純派アイドルとの三人暮らしは、こうして幕を上げることになった。

# 第二章　実は文学少女なグラビアアイドル

おしかけアイドル二人を家に受け入れてから数日後。

バイトが早く終わったので、慎一はいそいそと自宅に向かっていた。

以前の一人暮らしをしている時なら、確実に寄り道をしていたケースだが今は違う。

（綾文さん♪　綾文美紗緒さ〜ん♪）

ここ数日の生活で彼女のイメージは、セクシーグラビアアイドル女豹の『ＲＥｏｎＡ』ではなく、家庭的でお淑やかな女性へと完全に塗り変わっていた。

慎一はドアを開けると「ただいまぁ」と奥に向かって声をかける。が。

し〜〜〜ん。

愛《いと》しい一つ年上のお姉さんの、いつもの出迎えがない。

「……あり？」

小首を傾げてとりあえずリビングに向かう。するとそこには眼鏡をかけてノートパソコンに向かっているグラビアアイドルの姿。

いつものほんわかと柔らかな雰囲気ではなく、なにやらとても凛々しく真剣だ。

（例の新曲を作ってるのかな……）

そうなのだ。

現在、二人の居候が出ていくあては、美紗緒が璃乃用の新曲を完成させて、それが大ヒットすることしかないのである。

栗毛のお姉さんにはこのままずっと家にいてもらいたいが、あの赤毛の生意気女には一刻も早く出ていっていただきたい。しかし――。

（あのカンジじゃ、絶望的だよな……）

慎一は先日目にした二人の創作活動を思い出して溜め息をつく。

『ここ、ちょっと歌いづらい。歌詞とリズムが合ってないカンジ』

『なんかこー、もっと素のアタシ的な雰囲気のフレーズにして』

と新曲作りの指揮を璃乃が取り、クリエイター役の美紗緒にリライトの嵐。そして、

『この最後のところ、ふん、ふふふン、って感じがいいかなー』

と鼻歌でメロディーラインの変更まで要求していた。

年上の後輩アイドルはそのたびに持参してきたノートパソコンに入っている作曲ソフトを使って修正し、年下の先輩アイドル好みに細かく曲を直し続けているようだった。

ちなみに璃乃がすることといえば、美紗緒が直した修正曲をテープに取り、カラオケボックスに持ち込んで歌うのみである。

外で歌わせるのは、高階家が一軒家とはいえ防音処理などされておらず、近所迷惑にな

らないため。お金のかかるカラオケボックスなのも、公園などの人目につくところでは、璃乃の知名度ではアッという間に人だかりができてしまうからである。

（綾文さんも大変だよなぁ……）

と改めて彼女に同情する。

が、それとは別に真剣な表情でパソコンに向かう美紗緒の横顔はかなりいい。女豹のＲＥｏｎＡとも、家庭的でお淑やかなお姉さんとも違う、第三の魅力が滲み出ている。

しかしいつまでも、彼女のキリリッとした眼鏡顔にうっとりしているわけにもいかない。

「あ、あの……ただいま帰りました」

慎一が声をかけると、美紗緒がハッと顔を上げる。

そのレスポンスに驚いた。本当に全くこちらに気付いていなかったようだ。

「ご、ごめんなさい！　もうそんな時間ですか。すぐにご飯の準備をします」

「あー。いや、違うっす。今日はたまたま仕事が早く終わったんで。で、あのー。なんだかむちゃくちゃマジにカチャカチャしてたみたいっすけど、また璃乃に例の新曲作りでムチャ振りされてたんですか？」

「あ、あの……それは……」

美紗緒は途端に顔を赤く染めて、両手の人差し指を胸の前でツンツンツン。

（か、かわぇえ……）

大人びたルックスのお姉さんが、まるで子供のように恥じらっている。

慎一は自分のした質問のことも忘れて、その姿に再びポーッと見入った。

対して美紗緒はチラチラっと二度ほどこちらを窺ってから、恥ずかしそうに口を開く。

「わ、私……その……じ、実は……あの……れ、れれれ恋愛小説家になるのが夢なんです」

レンアイショウセツカ？

その単語が脳内で『恋愛小説家』と変換されるまでにかなりのタイムラグが生じた。

（そういえば、璃乃の奴が綾文さんは文章がチョー上手いとか言ってたな……）

新曲作りに関しても、璃乃本人のキャラをイメージした曲なのだから、作詞は本人がすればいいのに、そちらも美紗緒が担当している。

「あ、あの私、学生の頃はずっと図書委員をしてて……」

「へー」

『ＲＥｏｎＡ』には激しく似合わないが、素顔の彼女にはピッタリだと思った。

（綾文さんが文学少女かぁ。それもエエなぁ～）

セーラー服に三つ編みお下げで眼鏡をかけ、図書館の窓辺で静かに読書に耽る栗毛美少女の姿が脳裏に浮かぶ。

「とにかく唯一の趣味が読書だったんです。中でも一番好きなのが恋愛小説で、それでいつの間にか自分でも書くようになってて……」

そこまで言うと、いきなり美紗緒が身を乗り出すようにして、男の顔を覗き込んできた。

「高階さんは小説を読まれたりしますか？」

「……は、はあ。たまには……」

実はほとんど読んだことがないのだが、思わずそう答えてしまった。

「じ、実はそのぉ……一作書き上がっているので、もしよろしければ読んでいただいて、その感想をいただけませんか？」

ジッとこちらを見詰めてくる瞳はとても真剣で、普段の万事控え目でほんわかしている彼女からは窺えない熱気がある。

「……え、ええ。俺でよければ」

その迫力に押され、男はコクッと首を縦に振っていた。

※

翌日のお昼頃。

「ほへー」

バイトが休みだった慎一は、プリントアウトされた美紗緒の原稿を読み終えていた。

普段、全く小説を読まないので他との違いはよくわからない。

しかし、そんな自分が読みはじめてすぐに物語世界に入り込み、途中からは原稿を捲る手が止まらなくなった。

（……才能……あるんじゃね？）

この感想は、執筆者本人に好感を持っているための贔屓目なのだろうか？

慎一は改めてパラパラと原稿を捲り、気に入ったシーンを拾い読み、クスリとしたりグスッとしたりする。

と、とある箇所でコピー紙を捲る手が止まった。

「……でも、やっぱりここだけは……ちょっとな……」

唯一、こんな自分でもはっきりとわかる問題点を発見していた。

慎一は原稿を持ったまま、リビングに向かう。

そこでは眼鏡をかけた美紗緒が、やはり真剣な表情をしてノートパソコンに向かっていた。昨日聞いた話では、家事を終え璃乃からの新曲直しの依頼がなければ、あとは『恋愛小説家になる』という夢の実現のために、原稿執筆をしているとのことだった。

（……ほんと……スゲー集中力だな）

今日もリビングに入ってきたこちらに気付いた様子はなく、両手の指をキーボードの上で躍らせ続けている。

その姿を見て、今読んだばかりの作品が贔屓目ではなく面白かったと確信できた。

声をかけようと思ったが、すぐに思い留まる。

男はソッと向かいの椅子に座り、改めて彼女の原稿を読み直しはじめた。

SONY
VAIO

そのまま、どれだけ時間がたっただろうか。

「ふぅ～」

栗毛の眼鏡美女が深い溜め息をついて顔を上げ、つられて顔を上げた慎一と視線が合う。

「あっ。高階さん」

執筆に集中していた際の凛々しさがパッと弾けて、美紗緒の顔にいつものほんわかとした優しさが戻る。慎一もつられて微笑み、手にしていた原稿を軽く上げてみせた。

「全部、読ませてもらったっす」

「ありがとうございます！」

いつも控え目な美紗緒が、やはり身を乗り出すようにして礼を言ってくる。

その勢いに、慎一は思わず仰け反った。

「で、あの……どうでした？」

「スゲー面白かったっす。あ、あの、でも……一つだけ気になったところがあって……」

慎一はペラペラと原稿を捲り、該当箇所を開いた。

そこは脇役のとある男女が結ばれるラブシーン。

まずこの原稿を読んでいて、唐突にこの手のシーンがはじまったことに驚いた。

美紗緒の作品は、慎一の印象では少女向けの淡い恋愛モノといった雰囲気で、それだけに面食らった。加えて結ばれる男女もそれほど重要なキャラではない。

結果、最後まで読み通し結局アレはなんだったんだと思った。

慎一は自分が感じた違和感を率直に口にする。

「あ、あの……それは……」

美紗緒自身もその不備には気付いていたようで、慎一の感想を全て聞き終えるとすぐに口を開いた。

「……璃乃さんにこの手の小説には、こーいうシーンがなきゃいけないって言われて……、後で付け足したところなんです……。やっぱり不自然すぎますよね」

「ま、まあ、なくてもいいかなぁ、って俺は思いました。てか、えーーと……」

ポリポリと頬を掻きながら、言い淀む。

「なにか意見があるなら、なんでも言ってください。どれだけ否定的な意見でも構いません。いえ、むしろ否定的な意見こそしてもらいたいです。そこが問題なんですから」

「は、はあ……そ、それじゃあ」

相手の熱心さに負けて言葉を続けた。

「不自然といえば、その……描写自体も不自然というか……」

男の生理現象が、保健体育の教科書にのっているような文章で描写されていたのだ。

「ここ以外はなんというか文章のリズムつーか雰囲気が、なんとなくほんわかしてて、柔らかくって心地よくって、スラスラと読める感じなのに、ココだけは……ちょっと読みづらかったです」

小さく頷きながらこちらを見詰める美紗緒の真剣な表情に、慎一は気圧されてしまう。

「素人の意見なんで、そんなにマジで聞かないでください」

「いえいえ。そういう人の意見こそ、参考になるんです」

美紗緒は「ありがとうございます」と頭を下げ、その直後に浮かない顔をした。

「……はあ。でも、やっぱりそうですよね。この場面だけ全く想像力が働かなくって……。他は今までの経験でなんとかカバーできたんですけど……」

「……へー。綾文さんって、恋愛経験豊富なんですか……」

意外だった。無論『ＲＥｏｎＡ』のキャラならわかるのだが、素顔の彼女は全く男と付き合ったことがないように見える。

そんな率直すぎる慎一の言葉に、美紗緒は急に顔を真っ赤にして、片手をパタパタと左右に振ってきた。

「いえいえいえいえいえ。ち、違います！　私、ずっと女子校でしたし、あ、あの……私、男性とお付き合いしたことありません。あ、あの、あくまで小説を読んでの経験です」

やはりそういうことだったか。

すでに慎一の中では、彼女は『お淑やかなお姉さん』としてイメージが固まっている。

なので、なにやらホッとした。

「あ、あの……高階さん。お、男の人ってどんな時にエッチな気分になるんですか？」

そんなこといきなり面と向かって聞かれても困ってしまう。

しかもそれが数日前まで、毎晩のようにオカズにしていたセクシーグラビアアイドル本人ではなおさらだ。

ＲＥｏｎＡみたいな女性を見た時、とはさすがに口にできない。

しかし、相手は至って真剣だ。

言葉に詰まってしまったこちらに構わず、難しい表情をしてブツブツと呟きはじめた。

「……そもそも私、男性のアレを実際に見たことがないんですよね」

恋愛小説を書く上で実際に描写をすることはなくとも、知識として持っていないことがネックになっているという口ぶりである。

「だから、ご指摘のあったようなシーンは上手くイメージできないんです……」

すると美紗緒は「はぁ」と深い溜め息をつき、しみじみと呟いた。

「せめて一目だけでも実物を見れたら全然違うんだけどなぁ」

あまりに問題に集中しすぎて、目の前に自分がいることも忘れているようだ。

——じ、実物って………チンコのことだよな……。

すでに『お淑やかなお姉さん』としてキャラが固定している美紗緒の過激なセリフに思わず目を剥く。が、そんなことにも気付かずに、ただただ作品をよくするために思わずそう呟いてしまう彼女の熱心さにも感心させられた。

するとと美紗緒本人も、遅ればせながら自分の発言内容に気付いたようだ。

ハッと顔を上げこちらと視線を合わせると、

「あっ⁉　ああっ⁉　あの、ご、ごめんなさいっ！　へ、変なこと言ってしまって！」

耳まで真っ赤にして、ペコペコと頭を下げてくる。

(う～ん。ま、まいったなぁ……)

美紗緒にはこれほど一生懸命になっている夢があり、それに協力できることならばなんでもしてあげたいと思う。

そんな彼女が一目だけでも男の『実物』を見たいと言っている。

(……で、でもなぁ)

男のシンボルを女性に見せることが、恥ずかしくないと言えば嘘になる。

しかし、自分は彼女のセクシー写真を毎晩のように見ていた。

無論、芸術作品として見ていたわけではなく、劣情にまみれた視線で舐めるように見詰め、とても口にできないような妄想にも耽っていた。

今回、その罪滅ぼしが少しでもできるような気がしないでもない。

「……あ、あの……俺のでよかったら……その…………見ます？」

こんなこと言ったら嫌われてしまうかも、とチラッと思いながら恐る恐る口にする。

他の誰が相手でも、こんなこと絶対口にはしない。

相手が美紗緒だから。彼女の夢に対する一生懸命さと、『ＲＥｏｎＡ』に対する負い目が慎一にそう言わせていた。それだけに――。

「はい、ぜひ！」

と即答する眼鏡美女には面食らった。が。

「……あっ、いや、その……へ、変な意味じゃなくって……その」

再び顔を真っ赤にし豊かすぎる胸の前で指先をモジモジさせる姿には和まされる。

「は、はい。わかってるっす。はい。変な意味じゃなくって、はい」

年頃の女性の前で男性器を露出させるという行為が『変な意味じゃない』というのも変な話だが、事実だから仕方がない。

「そ、それじゃあ……」

慎一は覚悟を決めてズボンを下ろし、トランクスを脱ぎ捨てて下半身裸となった。

ポロンと露出したのは、力なく項垂れた萎えペニス。

すでに包茎は卒業しているもののサイズ自体は並程度で、とても進んで他人に見せられるようなモノではない。

それでも、お淑やかキャラの美紗緒のことだから小さな悲鳴の一つでも上げると思っていた。が、そのリアクションはこちらの想像の上をいく。

「……フムフム。これが男性ですか……フムフムフムフム」

顔を真っ赤にしながらも真剣な表情でしゃがみ込み、眼鏡をクイクイと上げながら何度も頷きつつメモを取りはじめた。

（な、なんか……モーレツに恥ずかしいな。コレ）

下半身だけ丸裸で仁王立ちしている自分と、その股間を覗き込みまるで新種のキノコを発見した学者のように熱心にメモを取る眼鏡美女。

そのシュールすぎる構図に慎一は両目を一の字、口をへの字にして「むー」と唸る。

と、そんな時だった。

「ふぁー。よく寝たー。美紗緒ちゃ～ん。今日の晩ご飯なに～」

璃乃が生アクビをしながらリビングに入ってきた。

直後、慎一はビクンと一瞬で凍りつき、トロンとしていた璃乃の瞳が大きく見開かれる。

「な、ななな……な、なになななっな……なにやってんのよおぉおぉおぉおっ！」

雄叫びを上げる清純派アイドルが、物凄い勢いでケンカキックを繰り出してきた。

「……ち、ちがッ……ちが、ちがうんだって！」

慎一は慌てて両手で股間を隠し、さらに超内股になって男のシンボルを守る。

「ま、待ってください！」

そんな自分の前に立ち、壁になって守ってくれたのは美紗緒だった。

さすがに璃乃も踏み止まる。

「これは私が高階さんに頼んだことなんです」

そして今に至った事の経緯を説明してくれる。その間、慎一はまるでオシッコでも我慢していているような超内股ポーズで、時折相槌を打つためガクガクと頷いたりしていた。

「ふ、ふ〜〜ん。……まあ、それなら仕方ないわね」

一通り説明を聞き終えた璃乃は、口を尖らせながらも小さく頷く。

男は心の底からホッとした。

彼女も自分のアドバイスで、妙な描写のラブシーンが加筆されたことを認識していたらしく、意外とあっさり納得したようだ。

しかし、その後に続けた彼女のセリフに、慎一は再び目を剥くことになる。

「それじゃあ、続きを見ててあげる」

「……は？」

なんですと？

「アンタが美紗緒ちゃんに変なことしないか、隣で見張らせてもらうから」

赤髪の美少女は偉そうに腕を組むと、栗毛の親友に「続きをしてちょうだい」と促した。

「おいおい！　なんでお前にまで俺の……その、アレを見られなきゃなんないんだ！」

「いいじゃん減るもんじゃないし。なによアンタ。美紗緒ちゃんと二人っきりじゃないとダメだって言う気？　それ、どー考えてもヤラシイんですけど」

「くっ……」

それはそうかもしれないけど……。

結果、釈然としないまま璃乃の言い分が通ることになる。つまり、下半身裸で仁王立ちしながら、同年代の若い女性二人に股間を見られるという状況になった。

（……なんつーシチュエーションだ……コレ……）

剥き出しの男性器の前には、類い稀な美女二人。

片や、人気急上昇の清純派トップアイドル。

片や、数日前まで毎晩オカズにしていたグラビアアイドル。

一体これは喜劇なのか、悲劇なのか。

慎一は再び両目を一の字、口をへの字にして「むむー」と唸ることになる。

「へー。見た目は意外と可愛いじゃん。ポークビッツみたい」

「それは上手い例えですね。他には、えーと……。ミニウインナーとか親指サイズとか」

慎一は今、ペチャパイの女の子が胸のサイズを揶揄されて、頭に来る気持ちが初めてわかった。しかもこの二人の場合、素での感想だからなおさら傷つく。

「その根元にはシワシワ状の陰嚢が二つ、と。そこから毛が……イチ、ニイ、サン――」

「キンタマっていっても金色じゃないんだ……。なんか冷めたたこ焼きみたいにシワシワしてる――あっ！　美紗緒ちゃん、今日の晩ご飯お好み焼きにして！」

「他に例えると……干し柿とか大きめの梅干しとか……あとは稲荷寿司ですか……」

「それもいいね！　うん、中身が五目ご飯のやつ！」

（璃乃……お前は自分が食いたいもんに同意してるだけだろ。しかしアレですか……。俺のアソコはポークビッツと稲荷寿司ですか……）

まるでお弁当である。

努めて二人を見ないようにしていたが、思わずチラッと視線を下に向けてしまった。

（……おっ）

結果、自分の真正面にしゃがみ込んでいる美紗緒を見下ろすことになるのだが、

（や、やっぱ……すげえな……）

胸の膨らみ具合が半端ない。

決していやらしい服を着ているわけではないのだが、その爆乳ぶりは丸わかり。

アソコをミニウインナーや干し柿に例えられた慎一から言わせてもらえれば、彼女の場合は胸に特大のメロンを二つ入れているようだ。

（……そ、それに……）

美紗緒の隣に同じようにしゃがみ込んでいる、トップアイドルの表情も目を引く。

いつものツンと強気な色が消え、頬を僅かに赤く染めている。今は清純派の仮面を被っ

ていわけでもないのに、ほのかに恥じらっている素の表情が妙に可愛い。

そしてトドメは、最も敏感な肉器官で感じている温かなそよ風だ。

（……綾文さんと璃乃の……だよな？）

二人とも顔が近いため、ふわっふわっ、と吐息がペニスに吹きかかっている。

直接触られているわけでもないのに、妙に生々しく二人のことを感じてしまう。

（や、ややややややヤバイ！）

それを自覚した時にはもう遅い。

くんっ――と眠っていた蛇が獲物の接近に気付いて鎌首をもたげるように、肉先が敏感に持ち上がってしまった。

「きゃっ⁉」

その光景に可愛らしい声を上げたのは、生真面目な元図書委員――ではなく実は強気で高飛車な清純派アイドルの方だった。

対して美紗緒は顔を真っ赤にしつつも、眼鏡のつるをクイッと上げ「ほう」と呟き、猛烈な勢いでメモを取りはじめる。

一体今度はどんな比喩を思いついたのだろうか。

その熱心すぎる取材姿勢に、慎一も股間を隠せない。

（……で、でもやっぱ、そのおっぱいは反則だぁ～）

なにしろ美紗緒のバストは草食系でも獣に変える特大サイズ。

眼鏡を押し上げるにしろ、メモを取るにしろ、少しでも腕を動かせばその影響を受けないわけにはいかない。上から見下ろす格好なために、僅かな動きでもタプタプと小刻みに揺れる乳房の様子が窺える。

加えて鼻にはほのかに甘くてどこか優しい彼女たちの髪の香りが漂ってきていて、耳には先ほど聞いた生意気娘の可愛らしい「きゃっ⁉」がリフレインしていた。結果——。

ぐんぐぐぐぐン。

五感の全てが、若い血潮を男のシンボルに集めさせる。

「ポークビッツが……フランクフルトになっちゃった……」

「大きさだけの変化じゃありません。先ほどまではクタッとしていたのに、なにやら皮が張り詰めた感じになっています。ふーむ。一体、どんな感触なのでしょうか？」

熱心に観察する眼鏡美女の横顔を、唖然と見詰めていた赤髪の美少女が、数回瞬きした後におもむろに口を開いた。

「……ね、ねえ。美紗緒ちゃん。……もうここまできたら見てるだけじゃなくって、一通り触ってみれば？」

「おい！」

さすがに慎一は突っ込んだ。しかし、それと同時に——。

「なるほど！」

と美紗緒の弾んだ声が上がる。その声色は知的好奇心を満たせる歓喜に満ちていた。

しかし、彼女も言ってから自分の発言の破廉恥さを自覚したのか、

「……あ、いえ、その、す、すすすすいません！」

と慎一に対して再びペコペコと頭を下げてきた。

無論、彼女がスケベな意味で言っていないことはわかっている。

いやむしろ、その方がどれほど気が楽だったか……。

取材として陰嚢に生えている毛を数えられ、ペニスの勃起まで見られてしまう恥ずかしさは格別だった。

しかしもうここまできたら、下手に恥ずかしがる方がより恥ずかしい気もする。加えて美紗緒の書くラブシーンが妙に外見描写だけ濃密で、逆に感触描写がデタラメでも困る。

「もう好きにしてくれ！」

男は己の股間を突き出して、開き直ることにした。

「……そ、それでは」

メモ取りで右手はペンを持っているため、美紗緒の左手がこちらの股間に伸びてくる。

「くぅっ……」

握られた直後、びくんっ、と全身が震えた。

童貞の慎一にとって、勃起ペニスを女性に触られるなどコレが初めての経験だ。

敏感な己の肉器官が異性の指の感触を鮮明に伝えてくる。

(自分の手と全然感触が違う～)

細い癖にフニフニと柔らかく、それでいてほんのりと冷たく心地よい。

指先のほんの僅かな動きによって、情けないほど身体がビクビク反応してしまう。

「……わぁ。なんか凄い……。ね、ねえ、アタシにもちょっと触らせてよ」

そう言って璃乃まで股間に右手を伸ばしてきた。

「ちょっ、な、なんでお前まで──っくふぁ！」

勃起ペニスに絡みつく指の数が倍になり、今まで以上に情けない裏声が漏れてしまう。

家事仕事をしていないためか、璃乃の指の方がさらに柔らかい。竿肌にしっとりと吸いついてくるようなその感触は、背筋がゾクゾクと震えるほど気持ちよいものだった。

スリスリ、にぎにぎ、シコシコシコ──。

己の掌に牡肉の形を覚え込ませるような大胆な指と、優しく肉棒の周りを撫でる指。

(……こ、ここでもキャラが逆なんだよな)

前者が美紗緒で、後者が璃乃だった。

ただ、その理由は明白である。

眼鏡美女はあくまで小説の取材。少なくともそれを優先させている。

対して赤髪の美少女は、おそらく初めてであろう男の反応に対して至って慎重だ。

「わっ。わわわわっ。こーするとビキッてなった」

「ふむふむ」

「この先っちょのところ、こーするともっとビキッてなった」

「ふむふむふむふむ」

肉胴部分を手首を捻るように扱かれて、指の腹で肉傘部分まで擦られては、ペニスが張り詰めないわけがない。

肉棒に浮く血管がドクドクと脈打ち、海綿体がはち切れんばかりに熱く充血していく。

「わっ⁉　……な、なにこれ？」

とうとう亀頭の小さな縦割れに、透明な珠がぷっくりと滲み出した。

生意気娘の問いかけだけではなく、隣のお姉さんまでも「これはなんなんですか」という顔をして見上げてくるため、それに答えないわけにはいかなくなる。

「そ、それは……先走りっていって……そ、その……」

男が性的興奮状態に陥ると尿道から滲み出す体液です、とは恥ずかしすぎて口にできない。口籠もってしまった男に対し、小説家志望の眼鏡美女が熱心に取材してくる。

「つまり高階さんは今……どんな気持ちなんですか？」

気持ちも何も、気持ちいいに決まっている。

しかしそう思った直後にハッとした。

美紗緒はそもそも、そんな根本的すぎることを理解していないのではないだろうか。

なにしろラブシーンの内容が、保健体育の教科書的説明文だったのだ。

(これは……はっきりと言わねばなるまい……)

ここで恥ずかしがってしまっては、今している行為の意味がなくなってしまう。

「え、えーと……き、気持ちいい……です。で、その透明なのは……先走りっていって、男が気持ちいい時に……チンコの先から自然と出てきちゃうモノっす」

言ってから自分のセリフの恥ずかしさと間抜けさに頭を抱えたくなる。と、その直後だ。

「——ッッ!?」

唐突に美紗緒が表情をハッとさせた。

それまで観察対象でしかなかったサンプルAが、男の興奮の象徴である勃起ペニスだということを本当の意味で認識したようだ。

もともと聡明な人である。

それを理解した瞬間に、こちらの気持ちまで察したのか耳の先まで真っ赤になった。

「あ、あふぁ……あの……そ、その、あああっ、あふぁ……んはぁ」

激しく動揺しながら、妙に悩ましい声を漏らしはじめる。

そして眼鏡の奥の瞳を激しく瞬きさせながら、肉感的な唇をワナワナさせて——。

「……はにゃー」

突然、カクンと頭を後ろに倒してしまう。

「ちょっ⁉　はにゃー、って⁉」

隣の璃乃が倒れかけた親友を、ペニスを掴んでいない左腕で慌てて支えた。

(綾文さんって、何気に天然属性持ちか⁉)

年上の綺麗なお姉さんを可愛いとまで感じてしまい、ますますペニスが張り詰める。

「はっ⁉　……あ、あの……す、すすすいません！」

正気を取り戻した眼鏡美女が、今度はなにやら思い詰めた表情をして見詰めてきた。

「あ、あの……わ、私、その……が、がが頑張ります！」

それまでの研究対象を触っているようだった手付きが、恋人のソレを愛撫するようなものへと一変する。

キュッと程よい力でペニスを握り、シコシコと優しく扱き出してきた。

「ち、ちょっと、あ、あの、綾文さん……あっ、あの……っくふあぁぁっ」

ビリビリと股間から迸ってくる肉悦に、思わず露骨な喘ぎ声を漏らしてしまう。

「な、なによ！　アタシがシテあげてた時よりも気持ちよさそうな声出して！」

璃乃まで年上の後輩に対抗するようにペニスを扱いてきた。

こちらは天性の勘のよさで、男根の反応に合わせて感じる部分を探るような指使いである。中でもとくに強烈なのが親指と人差し指で環を作り、カリのくびれをキュッキュッと磨くような責めだった。

「っ……んはぁ……ああっ、ちょっ、あぁぁっあぁぁ！」

己の前に跪くアイドル二人の熱心な手コキ奉仕に、喘ぎ声が止まらなくなってしまう。

二人の息もただ手を動かしているだけではありえないほど、ハアハアと乱れはじめた。

それは妙に熱っぽく、ふわふわっ、と肉先に直撃し続ける。焼けつくようなその淫らなスチームに、肉の芯まで熱く火照ってくる。

（くうぅ……、き、気持ちよすぎるぅぅ……）

とうとう肉先に滲み出していた透明な珠が大きくなりすぎてタラリと垂れた。

――グチュん。チュチュクチュん。

それはすぐさま二人の細指に絡みつき、粘っこい音を響かせながら、手コキ奉仕をなめらかにする。

美紗緒が手首を捻るようにして螺旋状にペニスを扱くと、璃乃が柔らかな指の腹を繊細に使い亀頭の裏側を優しく擦り上げてくる。

ダイナミックな美紗緒の手コキと、ピンポイントな璃乃の指責めに――。

「ああっ、も、もう……そ、その……げ、限界ッッ」

思えば二人が来たことにより、毎日のようにしていたオナニーが気軽にできなくなった。

つまりここ数日抜いていない。正直、溜まりに溜まっている。

そんな状況でこんな美人二人の指奉仕を受け、よくここまで持ったものだ。

「限界？　なにが限界なんですか？」

そう訊ねながら美紗緒はペニスを扱く手を全く緩めようとしない。

セクシーグラビアアイドルがこんな言動を取れば、それは男をからかうためのものと相場は決まっている。しかし、彼女の場合は素でわからないのだ。

（だから余計にエロすぎる！）

指の動きは無邪気と言っても過言ではなく、とても大胆なものである。

その聡明な頭脳と鋭い観察眼によって、慎一が気持ちいい手コキペースを完全に体得してしまっていた。

問題なのは、その行為によって男がどうなるかということを知らない点である。

「……わっ、わわっ。わわわわっ」

対して璃乃の方は多少は異性の生理を知っているようだ。

顔を真っ赤にしたまま、ある程度事情を察している表情で、恥ずかしそうにチラチラとこちらを見上げてくる。

（こっちはこっちで、やっぱエロい！）

いけないことだとは思ったが、どうしても彼女たちを『アイドル』として見てしまう。

大胆な責めで男をこれほど追い詰めていながら、まだ完全に事情を理解しておらず少しキョトンとしている美紗緒。これは奇しくも年下の男を弄ぶ女豹の『ＲＥｏｎＡ』のイメージに近い。対して、顔を真っ赤に染めチラチラと上目遣いをしてくる璃乃は、まさに清純派アイドル『小春風りの』だった。

(た、たまんねえ！　このシチュはダブルでたまらなくエロい！)

加えて二人は互いに触発されてか、指の動きを一向にやめようとしない。

──シコシコ、ヌチュグチュ、ぬちゅシコシコシコぐちゅん！

カウパー液まみれになりながら、しなやかな十本の指が淫らに踊り続ける。

そしていつしか二人の指は男根を挟んでしっかりと絡みあい、互いの掌で中の肉棒を挟み込んだまま激しく上下しはじめた。

それはまるでアイドル二人が友情を確かめあうような、心を合わせた共同奉仕。

「ああっ！　っくふぁ……んっつふあぁぁあぁ！」

今では慎一も無理に喘ぎ声を止めようとは思っていなかった。

もうこうなったら、思いっきりイッてやる。包み隠さず最後まで見せた方が、美紗緒も勉強になるハズだ。

そう割り切った瞬間、官能の爆発を留めていたリミッターが解除される。

直後、ペニスに密着する手の感触がより鮮明に、焼きつくように実感され、射精のトリ

ガーがマックスまで引き絞られた。

「い、いくっ！」

慎一は全身を息ませて、牡の本能で二人の掌の上から己のペニスを強く握り、思いっきり腰を前に突き出した。

十本の指が作る気持ちよすぎる肉筒の中を、己の分泌した潤滑液にまみれながらヌズルルンと突き進み——。

ドリュン！

限界まで我慢していた灼熱の激流が、細い尿道の中を一気に駆け抜けていく。

凄まじい勢いで弾け飛んだザーメンは、糸を引くように宙を飛び、美紗緒の眼鏡を直撃した。ビチャッと粘っこい音を響かせて白濁の塊が飛散する。

「きゃっ⁉」

さすがにこれには驚いたようで美紗緒が可愛らしい悲鳴を上げ、手にしたペニスの方向が乱れる。そのため——。

ドギュどぷッっ！　どりゅドプどぷんっ！

続く二弾目、三弾目は隣の清純派トップアイドルの美貌へと向かって迸っていた。

「なっ⁉　ひゃっ、熱ッッ！」

真っ赤に染まった頬にぶちまけられたザーメンはドロリと粘り、桜色の唇のすぐ隣を通って、細い顎へと滴り落ちていく。

璃乃の表情はびっくりしすぎたためか固まっていた。切れ長の瞳を丸くして、口を半開きにしたまま最後の一滴までザーメンをその美貌に浴び続ける。

「はふぅ～～」

久しぶりに牡の欲情を排泄しほっくりとしていた慎一は、テーブルに置いてあるティッシュボックスを手に取ると、股間を拭きはじめた。そして——。

「ほれ。お前も使え」

と白濁の層が幾重にも、顔の上に塗り重ねられた璃乃に差し出す。

直後、己の股間から湧き上がってくる殺気に気付いてハッとした。

「ッッ～～～ッッ！」

璃乃の驚きに見開かれていた瞳が吊り上がり、そしてポカンと半開きになっていた唇が、波打つように震えはじめている。

それは二人がこの家に居候しはじめてすぐの頃、誤って彼女のヌードを見てしまった時と同じ表情だ。

——そして、それはその後の行動までよく似ていた。

璃乃は差し出されていたティッシュケースをひったくるようにして手に取ると、

「このドスケベ野郎！」

イッたばかりで敏感なペニスを思いっきりそれでブッ叩いてきた。

「いてええええぇぇぇぇぇっ！」

一番の急所をクリティカルヒットされ、男はその場に尻もちをつく。

「アンタ。よくも人の商売道具、好き勝手に汚してくれたわね！」

「ち、ちょっと待て。い、今のは、ふ、ふか、不可抗力だ——ひえぇぇぇぇぇぇっ〜！」

再び振り上げられたティッシュケースから逃れるため、美紗緒に助けを求めようとしたのだが——。

「フムフム。男の急所というだけあって、やはり相当痛いんですね。ティッシュケースで殴られると、大の男でも半泣きになる、と」

白く汚れた眼鏡を外し、再び熱心にメモを取りはじめている。

（み、美紗緒さんまでそんなぁ〜〜）

対して璃乃は清楚な美貌の汚れをティッシュで拭き、それを丸めては下半身丸裸の股間を押さえゴロゴロとのたうち回るこちらに投げつけてくる。

「……あうー」

先ほどまでのこの世の天国状態から、一転して生き地獄。イカ臭いティッシュにまみれながら、色んな意味で二人のギャップの激しさを痛感する慎一であった。

# 第三章　脱いだらアタシも凄いんだからね！

行き過ぎた『男の生理現象取材』事件から数日後。

頭が冷えた美紗緒に猛烈な勢いで謝られ、それを何度も許すという毎日が過ぎた頃には、三人暮らしの空気とリズムが固まっていた。

慎一と美紗緒の、他人行儀に苗字をさん付けで呼ぶのもいつしか「美紗緒さん」「慎一さん」とファーストネームへと変化している。

いかにも引っ込み思案で生真面目そうな彼女が、短い期間でそれだけ自分に打ち解けてくれたのは、やはり先日の事件が大きかったとも思う。

ちなみに璃乃は最初から、慎一のことを『アンタ』か呼び捨てのどちらかだった。

(アイツの場合はちょっと馴れ馴れしすぎなんだよな)

三人の中で一番年下の癖に、一番偉そうなのも相変わらずだ。

「おっ。今日も美味そうなイイ匂いがしてんなぁ」

キッチンから漂ってくる香りに、慎一は鼻をクンクンさせる。

一人暮らしをしていた頃は、コンビニ弁当やファーストフードの毎日だった。

そんな食生活が料理上手な美紗緒によって今は一変。

連日、旬で安い食材を上手く調理し、美味しくて健康的な家庭料理を作ってくれている。なので食費に関しては三人で生活しているのに、自炊をしない一人暮らしだった頃とたいして変わっていなかった。

慎一がヒョイとキッチンを覗くと、美紗緒がガスコンロに大きな鍋を乗せて煮込み料理を作っていた。

ちなみに彼女が着ているのは、サイズの合っていない白いYシャツとブルージーンズ。タレント寮から鞄一つで出てきたために服の持ちあわせが少なく、どちらも慎一が貸したものである。

(コレはコレで、めちゃくちゃアリなんだよなぁ。マジでイケちゃってるよぉ)

自分の服を女性が着ているという状況は、まるで二人が恋人同士のようではないか。着こなし自体もギャップがあってなかなかキュート。

肩の位置がシャツのそれに比べてかなりずれ、袖も何度か腕まくり。ジーパンに至ってはまるでピエロのように、ウエストだけがベルトで細く絞られている。

とにかく全身ブカブカだ。それでいて胸元だけは服が横皺を作るほどピチっと張り詰め、その規格外なバストサイズが窺える。

「あっ。もうお腹空きましたか?」

自分に気付いても、今では大袈裟に頭を下げることはなく、美紗緒が自然な笑顔で出迎えてくれる。敬語なのは彼女のデフォルトだろうし、いずれにしろその表情や態度から、この家に来てすぐの頃の硬さはなくなっていた。

「いやー。そーでもなかったんすけど、メッチャいい匂いがしたもんでついフラフラと。で、今日はなんなんすか？」

慎一も（相手が年上なので）まだ慣れない敬語ではあるが、その口調はかなり砕け気味。

「今晩は牛スジ肉の煮込みカレーの予定です」

「へー」

鍋を覗くとまだカレーにはなっておらず、肉を水で煮込んでいる段階のようだ。

「牛スジのいいところが安く売ってたものですから沢山買ってきちゃいました。トロトロに柔らかくなるまでまだ時間がかかりますから、もう少し待っていてくださいね」

栗毛のお姉さんがお玉ですくった牛スジ肉は半透明な太い部分で、すでに柔らかそうにプルプルしていた。

それが見るからに美味そうで思わず「ごくっ」と喉が鳴る。

「いっぱいありますから当分楽しめますよ。カレーに使う以外は醤油と和風出汁で軽く煮込んで冷凍しておきますね。それを甘辛く味付けしてクラッカーと一緒に食べたりしても美味しいんですよ」

話を聞いているだけで、口の中に涎が溢れてくる。

「なにか手伝うことないっすか？」

「お心遣いありがとうございます。でも、一人で大丈夫ですよ」

美紗緒は自分と話している間も、手際よく玉ねぎの皮を剥いて薄くスライスしている。

その調理は流れるようで、見ていて飽きない。

「そっすか。――あっ。そーいえば、バイトの作業着の取れてたボタン、美紗緒さんがつけてくれたんすよね？　ありがとうございます」

「いえいえ、そんな。今後もなにか繕い物が出た場合は遠慮なく言ってくださいね」

「はい。じゃあお言葉に甘えちゃいます」

慎一のセリフに美紗緒はチラッとこちらに微笑を向けてから、フライパンを火にかけて、スライスしたばかりの玉ねぎを炒めはじめた。

「えーと、まだ完成するまで時間がかかりそうなので、よかったら部屋で寛いでいてください。できたらお呼びしますから」

どうやら自分はキッチン仕事の邪魔にしかなっていないようだ。

このまま彼女の調理する姿をずっと見ていたい気もしたが、ここは退散しておこう。

「それじゃあ奥でテレビでも見てます」

「楽しみに待っててくださいね」

最後の最後、自分がキッチンを出ていく際。美紗緒は再びこちらを振り返り、ニコッと蕩けるような優しい笑顔を見せてくれた。

リビングに向かいながら、慎一はポーッと夢心地である。

（ヤ、ヤバイ……ガチで美紗緒さんを嫁にしたくなってきた）

料理は上手いし、気配りも利くし、おまけに赤ちゃんができてもおっぱいがいっぱい出そうだし、何も言うことはない。

一つ年上ではあるが、自分のような浮ついたタイプにはしっかり者の姉さん女房が合う気がする。確か古い諺《ことわざ》で、一コ上の嫁はスゲーおススメ、ってヤツがあったはず。

と、そんなことを思いながらリビングに入った時である。

「あははははっ！　チョーうけるー！　あはははははっ！」

清純派トップアイドルの爆笑に出迎えられた。

璃乃はテレビの前にあるソファであぐらをかき、クイズ形式のバラエティ番組を見ていた。ちなみに彼女も持ちあわせの服が少ないために、今は自分が貸したものを着ている。

（……しかし、いくら家着は楽なのがイイっつっても、ふつーコレは選ばねえだろ）

赤髪の美少女が今着ているのは、慎一が学生時代に使っていた学校ジャージ。

無論、デザインは果てしなく野暮ったく、胸元には名札が縫いつけられたままである。

（コイツ、ダメだな。アイドル以前に女として……）

色んな意味で美紗緒とは大違いだ。

「おい。例の新曲作り、進めなくってもいいのかよ」

「うっさいわねー。今は美紗緒ちゃんからの返し待ちなの。――っあははははっ！」

家主の呼びかけに、居候はこちらを見もせず笑い続けている。

さすがにムッとして、男はテレビの前に立ち塞がった。

「ちょっとー。見えないじゃない。ガキみたいな嫌がらせしないでよ」

「どっちがガキだ。新曲をひっさげて早くギョーカイに復帰したいなら、美紗緒さんに曲作りをする余裕ができるように、ちょっとは家事を手伝えってーの。――そーだな。料理は今してくれてるし、洗濯もとっくに終わってっから、とりあえず家の掃除でもしてろ」

「なによー。これも職場復帰に備えてよ。タレントとして、リアクションの練習なの」

「とてもそーは見えねえよ！」

するとテレビ画面に、最近人気の出てきた美少女アイドルが映った。

「おー。お前のライバルが活躍してんなぁー。早めにテレビに復帰しないと居場所がなくなっちまうんじゃねーか？」

だから早くお前はこの家から出てけ。

美紗緒さんのことなら心配するな。なんなら俺が一生面倒見るぞ。

実際は獅子堂家とのコネで二人はこの家に居候しているのだが、慎一の認識では璃乃の方がオマケである。

と、そんな気持ちもあって、嫌味の一つも言ってやったのだが――。

「んな心配しなくても、この子はすぐにテレビからは居なくなるわよ」

バカにした風でもなく、それどころか少し同情するようなニュアンスまでも漂わせて清純派トップアイドルが断言した。

「……やけにハッキリ言いきるじゃねえか」

「これでも芸歴は長いのよ。このギョーカイに入って、成功してる人と売れてもすぐに消えていっちゃった人をいっぱい見てきたわ。それで気付いた決定的なポイントがあるの」

「な、なんだよそりゃ」

「サービス精神よ」

「……なに？」

「この子の場合、自分が世間で受けているのは、ルックスも含めた持って生まれた才能故だと思ってるでしょうね。まあそれは否定しないわ。

でも、それじゃすぐに飽きられちゃう。

長く生き残るタレントは、芸ってものが人を楽しませることだってことを根っこの部分でよく知ってるの。それはお笑い芸人でもイケメン俳優でもなんでも一緒。

口では好き勝手しているようなことを言ってても、そして世間もそう思ってても、頭の中じゃ常に自分のキャラを上手く使って、世間を喜ばせることを考えているものなのよ。

自分が好きなことをして、あるいは才能だけで売れた奴ってのは、タレントがサービス業だってことを本当の意味で理解してないケースがほとんどなの。

だからドカンと当たっても、すぐに飽きられて消えてっちゃう。

自分を世間に合わせていく、マイナーチェンジに失敗する。

この子はまさにそのタイプね。下手にデビューしてすぐに売れちゃったから、余計に後で修正できないはずよ。そもそも最初の成功体験に囚われて自分を変えようとも思わない。それこそ、売れなくなったら自分じゃなくって世間が悪いって考えちゃうでしょうね」

日々、感情の赴くまま本能的に生きているような我儘娘の発言とは思えない内容だった。

それだけにドキッと胸に迫り、そして考えさせられる話である。

「……で、でも、それだとありのままの自分キャラで芸能活動したいっていうお前の考えと矛盾しねーか？　つまり、お前の場合、そのルックスなら清純派アイドルがピッタリで、一番それが世間様相手のサービスになるんじゃねーの？」

「ふん。アンタもバカじゃないみたいね」

璃乃はハラリと横髪を払うと、その細く尖った顎をツンと反らし——。

「アタシはね。芸能界で天下を取るつもりなの。ナンバーワンになるつもりなのよ」

といきなり脈絡もなくそう言い放った。

『3—C　高階』と名札の縫われた胸を偉そうに張りながら。

そうして独自の考えを語り続ける。

「アタシの知る限り、天下を取ってきた人ってのは、自分がこの世で一番だって思うなんかを持ってんのよ。実際は別よ。でも、本人たちは口ではなんて言ってても、みんな自分がナンバーワンだって確信してる。自惚れてる。逆に本当に一番才能があっても、自分が一番だって自惚れられない人は、天下を取れてないカンジなのよね」

璃乃の言う『天下』という定義がイマイチはっきりしないが、言いたいことは分かるし、妙な説得力も感じた。しかし――。

「でも、せっかく清純派路線で売れてるのに……」

「アンタまでウチの事務所と同じようなこと言わないでよ。この世界、そんなに甘くないの。繰り返しになるけど、どのジャンルでもそこでトップを取ってずっと生き残ってるような人たちは、みんなこの道なら自分がナンバーワンだって心の底から確信してる人たちばっかなの。で、アタシのキャラはそーじゃないでしょ？

だってアタシ、このブリっ子路線なら自分が誰にも負けないだなんてとても思えないもん。これはいくら世間に合わせてキャラをマイナーチェンジし続けても、肝心の軸がブレブレで最後には消えていくパターンね」

確かに。この性格で清純派路線で一番だとは思えないだろう。

「で、でも、そーなるとお前はどーすんだよ。お前のまんまじゃ、さっき言ってたサービスってのが難しいだろ？　みんなが喜ばないだろ？」

「アタシはね。毒舌アイドルの道を切り開くつもりよ」

「……ど、どく……」

確かに璃乃にはピッタリだ。それなら確かに自分が一番だと思えるだろう。しかし——。

「でも、どー考えてもアイドルとしてはない組み合わせだろ、それ」

「ふん。アンタみたいなド素人がナイって思うようなことほど、当たればデカいのよ。今じゃ『おバカアイドル』なんてのまで売れてる時代よ」

「……た、確かに」

「アタシみたいなルックスの若い女が、毒舌吐いた方がギャップがあって面白いじゃない」

そう語る璃乃の瞳が突然生き生きと輝き出し、説明調だった声にも熱を帯びてくる。

「ほら、ドラマとかでもヒロインをいじめる役は、一見、一番の美少女だったりするし。充分、世間を楽しませられると思ってる。

それに毒舌アイドルになれば、今までの『小春風りの』のブリっ子キャラがいい前振りになって、よりウケると思わない？

たとえばアタシが生意気なことを言ってる時に、正反対のブリっ子コメント吐いてる昔の映像を流されて演者に総ツッコミされるとかさ。お茶の間、ニヤニヤしちゃうよ絶対」

言われてみれば、確かにそういうモノなのかもしれない。

たとえば厳ついベテラン俳優が可愛いキャラクターグッズを集めてたりすると、確かにギャップの大きさで笑ってしまう。好感度アップにも繋がってそうだ。

しかし、そのケースと違い――。

「でも、毒舌の場合だと好感度とかがガタ落ちするんじゃねーの？」

「ふん。ちゃんと世間にウケるような毒舌を吐いてる分には、人気に合わせて好感度は上がるわよ。そこらへんはタレントとしてのアタシの腕次第ってところね。

アタシはね、それこそ若いうちは芸能界のヒール役でいいって思ってるの。

一見、清純派な若い娘が大御所に噛みついて毒を吐いた方が、ギョーカイ全体が掻き回されて盛り上がるじゃない。ワイドショードンとこい、ってカンジよ」

「う〜〜む」

所詮、子供の理屈だとは思う。

璃乃が言うところの『天下』を取ったような、本当に芸能界で大成功しているような人たちに聞かせれば、突っ込みどころは満載だと思う。

でも、面白い話だとは思った。

売れるためなら――否、世間を楽しませるためなら嫌われ役や笑い者になっても構わない、という根性は見上げたものだ。そこまで覚悟してるなら「一応、応援してやるか」と想わせるだけの熱意も感じた。しかし――。

「お前の夢はよくわかった。でも、今は俺の家の居候だ。掃除しろ」

「ふ〜〜ん、だ。アタシはアイドルだって言ってるじゃない。世間が求めてもいないようなことは、私生活でもしないんだも〜ん」

「……んにゃろ」

サービス精神がどーとかの話はなんだったんだ！

偉そうなことを言って、結局めんどくさい家事をしたくないだけじゃねえか！

そんな思いを込めて冷めた横目でジトッと睨み続けていると、毒舌アイドル（しかし、スゲー言葉だな、コレ）を夢見る赤毛の美少女が耐えきれずにウッと身を引いた。

「……わ、わかったわよ、もう！」

璃乃はかなりの我儘で突拍子もないことを平気でする奴ではあるが、物の道理がわからない真性のバカではない。掃除をしない自分の言い分が屁理屈だという自覚はあるようで、盛大にふて腐れながらもリビングを出ていった。

「ったく」

慎一は苦笑いをして、清純派アイドルの座っていたソファに腰掛けた。

そのままぼんやりとテレビを見ながら、先ほど聞いたばかりの話を思い返す。

「……あんなヤツでも、いろいろと考えてるんだな」

正直、璃乃のことをほんの少しだけだが見直していた。

そして彼女が、アイドルの『プロ』であることを改めて実感させられた。

（まー、それと……基本的に悪い奴ではないんだよな、アレでも）

ここまでの生活で彼女がただの我儘娘ではなく（無論、大いに我儘娘ではあるのだが）実は大変友達思いで面倒見のいい性格だということに、慎一は気付きはじめていた。

そもそも今回の飛び出し騒動は、彼女が事務所の後輩である美紗緒を助けるために自分も一緒に行動している節がある。

無論、いつまでたってもキャラ変更の約束を守らない事務所に対する、溜まりに溜まった不満を爆発させてというのは本当だろう。が、その大きなきっかけになったことも間違いないはず。そう考えると、最初にこの家におしかけて来た時に感じた、売れっ子アイドルにしては無茶すぎる行動の違和感も解消する。

（ホント……。姉御肌な性格なんだよな、アイツ……）

素人考えでは、彼女のネームバリューなら大手事務所にだって望む条件で移れると思う。にもかかわらず一人暮らしの男の家におしかけてまで、今の中堅芸能事務所から移籍しないのは、無名時代に世話になった義理のためだろう。

先ほど「芸歴が長い」と言っていたが、慎一が『小春風りの』の顔を知るようになったのは、まだここ半年ぐらいのことである。

（ふん。しょうがねーから、あいつも暫く家に置いててやるか……）

とツラツラ考えているうちに、璃乃がリビングに戻ってきた。そして、

「ちょっと」

慎一をムッと睨みながら、いきなり顎を鋭く一しゃくり。

どうやら『付いてこい』とのジェスチャーらしい。

（な、なんだ一体？）

明らかに不機嫌そうな相手の様子に、警戒しながら立ち上がる。そのまま清純派アイドルについていき辿り着いたのは――慎一の部屋だった。

「おい。なんでいきなり人の部屋に……」

勝手に中に入っていくアイドルの背中に手を伸ばしかけた時である。ロングストレートのサラサラヘアをなびかせて璃乃がサッと振り返り、片手をこちらに突き出してきた。

「げっ⁉」

その手に持っていたのは美紗緒のファースト写真集『ＲＥｏｎＡ』。

二人がこの家に来てからは、ベッドの下に隠しておいたシークレットアイテムである。

どうやら慎一の部屋を掃除していて（物色していて？）発見したらしい。

（や、ややややややヤベっ……）

焦る。なにしろモノは美紗緒のセクシーショットがテンコ盛りの写真集。

その使用目的は明白すぎる。

「ちょっ、そ、それは、その、あの……」

慎一は動揺のあまり上擦りまくった声を上げ、無意識に手を伸ばし写真集を取り返そうとした。今さら隠しても意味がないことに、テンパっているため気付けない。

そのためバシンと『ＲＥｏｎＡ』を叩くような格好になってしまった。

ドサッと絨毯の上に落ちた写真集は、一際卑猥なページを開いて止まる。

「……ッッ!?」

それは決して運悪くではない。『ＲＥｏｎＡ』をオカズにする時、お気に入りのページに重しを乗せて自家発電をしていた。そのためエロいページほど開き癖がついている。

「は、はは……いや、こ、これはね。そ、その……」

引き攣った笑みを浮かべながら、背筋に冷たい汗がツーと流れていく。

（こ、こいつ……美紗緒さん絡みだと、マジでなにするかわからんからな……）

彼女のために、順調だった仕事をボイコットしているような姉御肌な性格である。

往復ビンタを貰う程度の覚悟はしなくてはなるまい。

と、慎一が腹をくくった時。

「アタシの写真集はどこに隠してあるのよ！」

「ご、ごごゴメっ――――はぁ？」

土下座をして謝りかけた慎一は、キョトンとした表情で顔を上げた。

（……それがアイドルの心理ってやつなのか？）

どうやらデビューしたばかりの後輩アイドルの写真集を持っていながら、自分の写真集が部屋のどこからも見つからなかったことに怒っているらしい。

璃乃はそのほっそりとした頬をぷーっと膨らませて、半端に土下座の格好をしているこちらに詰め寄ってきた。

その勢いに男は思わず正座を崩し、ずざざざっと尻もちをついて後退る。

「……てか、ブリっ子キャラのお前も写真集なんて出してんの？」

「出してるわよ！」

「残念な胸なのに？」

「むきぃー！　アタシ、脱いだら実は凄いのよ！」

どうやら触れてはいけない部分に触れてしまったらしい。

赤毛ロングのサラサラヘアを、両手でワシワシ掻きむしると――、

「ちょっ、お、おまっ」

いきなりジャージの上着を脱ぎ出した。

そして現れた下着の柄は、どこか子供っぽさの漂う白地に青の縞々模様。

「ほら、どうよコレ！　これでもおっぱいが残念だって言うの！」

ボーダー柄のブラに包まれた膨らみを、突き出すようにしてアピールしてきた。

（こ、これは……）

もともとの認識が清純派アイドルで、普段はあの美紗緒と並んでいるところばかりを見ているために、胸はそれなり程度だと思っていたがとんでもない誤解だった。

巨乳好きの慎一の見立てでは、Eカップぐらいはありそうだ。

しかもほっそりとした首筋から形のよい鎖骨の窪み、鋭くくびれたウエストなどが極めて健康的に痩せているため、なおその豊かさが際立つ。自ら『脱いだら凄い』と豪語するだけのことはある、滅多にお目にかかれないナイスボディだ。

「うふふふっ。どうやらアタシの真の魅力に気付いたようね」

不覚にもぽかんと魅入ってしまった男のリアクションに気をよくしたのか、清純派アイドルがわざとらしいセクシーポーズを決めてきた。

両手を頭の後ろで組み、大胆に腋の下を晒してパチンとウインク一つ、投げかけてくる。

「脚のラインなんて、もっと自信があるんだから」

璃乃はジャージの下にまで手をかけて、こちらも一気に脱ぎ捨ててしまう。

「……ッッ!?」

目の前に現れたのは、芸術的なバランスでなめらかなラインを描く二本の脚線美——見るからに運動神経のよさそうな太腿と、日本人離れした長い膝下だった。

形よく盛り上がっている脹脛はピチピチと若さに満ち溢れ、それでいて足首はキュッと細く絞り込まれている。足先に並ぶ爪から踝《くるぶし》の形に至るまで隙はなく、全てが美しい。

巨乳好きでおっぱい星人の慎一ですら、その美脚には目を釘付けにされた。

そしてショーツは、やはり青と白のボーダー柄。芸術的な脚線美の持ち主が、子供っぽい縞々パンティを穿いているだけで、なんだかとても淫靡に見える。

「あら～。アンタ、バカにしてたアタシの下着姿になに、ズボンの前膨らませてんのぉ？」

「う、うるせえよ！　しかたねーだろが！　お、男なんだから！」

「うぷぷぷぷっ。そうよね～。男ってのは、イイ女を目の前にするとそーなっちゃうもんなのよね～。きゃ～～。エロいやつぅ～」

セリフとは裏腹に、なんだかとても機嫌がよさそうだ。――が、しかし。

「んっ？　ちょっと待って……」

その視線が、床の上で開いたままになっている写真集『ＲＥｏｎＡ』に向いた時、ビキッと硬直した。

「……つまり、美紗緒ちゃんのグラビア見てもそーなるわけよね？」

ぎくっ！

「アンタ、コレ見た後……それ……どーやって鎮めてたわけ？」

ぎくぎくっ！

先ほどこの件をスルーしたのは、ただ単にソレをオカズにするという考えに至らなかったためだったようだ。

「……アンタ、美紗緒ちゃんのグラビア見ながら、この前したようなことしてたわけ⁉」

恐れていた局面に陥った。猛烈な勢いで切れ長の瞳を吊り上げた相手に対し、男は改めてビンタの数発を覚悟する。しかし――。

「それでアタシの写真集を持ってないってどーいうことよ！」

「はっ？　そこなの⁉」

こちらの感覚ととことん噛みあわないズレた怒りポイントに、慎一は思わず突っ込みを入れてしまう。

対して縞々ランジェリー姿の清純派アイドルは、鬼の形相で詰め寄ってくる。

「このドスケベ野郎！　今からアタシが、美紗緒ちゃんに代わってお仕置きしてやる！　罰としてチンコ出せぇっ！」

「だからアイドルがチンコって言うなよ、チンコって！」

「うっさい！　つべこべ言ってないでさっさと出せ！　アンタがその写真集見てシコシコしてたこと美紗緒ちゃんにバラすわよ！」

「わかりました！　すぐに出します！　だからそれだけは勘弁してください！」

彼女にだけはこのことを知られたくない。嫌われたくない。

たとえあの優しい年上のお姉さんでも、自分のことを夜のオカズにしていたと知れば、決していい気はしないはず。

せっかく気軽に喋れるようになってきたのに、また以前のような他人行儀に戻りかねない。お淑やかで生真面目な性格だけに、口を利いてくれなくなる可能性すら考えられる。

(それだけは絶対にヤダ！)

璃乃に男性器を見られることが恥ずかしくないと言えば嘘になる。

しかし、すでに一度射精まで見られている相手だし、それで美紗緒にこの件を黙っていてくれるなら致し方ない。

慎一はズボンのファスナーを下ろし、急いで勃起ペニスを露出させた。

「お仕置きよ！　このドエロチンコにお仕置きしてやる！」

清純派アイドルはそう叫ぶと、艶めかしい生足をニュッと伸ばしてこちらの股間を踏んできた。ティッシュケースで叩かれても悶絶することを知っているためか、さすがに璃乃も蹴り抜くような無茶はせず、加減して踏んでくる。

「はふっ！　っくふぁふっ……」

土踏まずの窪みに肉棒の反り返りがジャストフィット。

手とは違った独特の密着感に、裏声に近い愉悦の声が漏れてしまう。

(や、やべえ！　これじゃあますます璃乃に怒られる！)

と、てっきり「キモい」だの「ヘンタイ」だのと罵られると思ったが、

「えっ？　や、やだ……こ、こんなのまで気持ちいいんだ……」

こちらのリアクションに璃乃は純粋に驚いていた。そして、なにやら足先に意識を集中させて、土踏まずで勃起ペニスを優しく責めはじめる。

（な、なんなんだよコイツ！）

お仕置きなのか、ご褒美なのか。怒っているのか、喜んでいるのか。

股間からペニスだけを出し、それを縞々ランジェリー姿の清純派アイドルにフミフミされているという、このシチュは一体なんなのだ？

「ほらほら、もっとこのアタシを見なさいよ！　美紗緒ちゃんにも負けてないでしょ！」

しかも隣に落ちているセクシーグラビアに対抗意識を燃やしている――そんな相手に触発されて、思わず床に落ちているお気に入り写真に視線を向けてしまった。

それは赤い首輪を嵌めたＲＥｏｎＡが、膝立ちポーズをしているワンショット。

両手で豊かすぎるバストを脇からすくうように寄せあわせ、プルンと厚みのある唇を挑発的に舌舐めずりしている。

ちなみに首輪に繋がれた鎖は手前に伸びていて、写真を見ている読者がその鎖を持っているような構図である。つまり、まるで女豹のＲＥｏｎＡが己の飼い主を、その肉食ボディで誘惑しているような写真なのだ。

（くわぁ〜。やっぱこのグラビアはチンコに来るわぁ〜）

今では素の彼女を知っているだけに、そのギャップも相まってなおさら興奮してしまう。ほとんど紐のような極小の豹柄水着は、そこを見せてはヌードになってしまうという最低限のエリアしか隠していない。

無論、その見事すぎるバストは完全に収まりきっておらず下乳も脇乳もはみ出し放題。それを両手で自ら寄せあわせているために、深い胸の谷間がさらに強調されていた。

（ＲＥｏｎＡのおっぱいマジ最高～）

バストが規格外に大きいと必然的にお腹周りがだらしなくなりがちで、並のアイドルなら両手や写真のアングルでそこを隠すケースが多い。

しかし、美紗緒の場合は全くその必要がない。

うっすらと見える薄い腹筋に、縦に走る綺麗なおへソ——まるでスレンダーさをウリにするグラビアアイドル並みに、キレよくウエストがくびれている。

こんなに自然の摂理を無視して男の願望を具現化している身体、今まで見たことがない。

「ちょっと！　なんでリアルのアタシより、美紗緒ちゃんのグラビアを見て、チンコをもっとビキビキにしてんのよぉ！」

璃乃は顔を真っ赤にし、なぜだか瞳の端に小さな涙の粒まで浮かべて絶叫してきた。

「も、もっと……もっとアタシのこと、ヤラシイ目で見なさいよおぉおぉおっ！」

「だからなんなんだよさっきから！　お前のその怒りポイントは！」

いくら人気を取ってナンボのアイドルとはいえ不可解すぎる。

涙をちょちょ切らせている半泣き顔といい、これではまるで好きな男が他の女に気を取られていることにヤキモチを焼く、年頃の女の子みたいではないか。

「うるさい！　もう、こうよ！　こうよ！　こうしてやるぅうっ！」

璃乃が巧みに脚を動かし、より激しくペニスを踏んでくる。

それに伴いもともと白かったトップアイドルの太腿が、ほんのりと桃色に色づいてきた。

おっぱい星人の慎一でも、思わず背筋にゾクッとくる艶めかしさが匂い立つ。そのため、

「あっ……ヤべっ」

いきなり射精のスイッチが入ってしまった。

なにしろ先ほど凝視していた『ＲＥｏｎＡ』のページは、ここ最近ずっとフィニッシュで使っていた超お気に入りのワンショット。このグラビアを見るとイキたくなるという、すでにパブロフの犬的状態だったのだ。腰の奥で高まっていた牡の昂ぶりが、もう引き返せないところまで一気に迫り上がってくる。

慎一は反射的に右手を股間に伸ばし、美脚アイドルの細い足首を掴んで思いっきり己のペニスを擦りつけた。とても足の裏とは思えない、しっとりスベスベした質感がマックスまで張り詰めた男根にトドメの肉悦をもたらす。

もう本当に限界だ。

思わずここ最近の習性で、視線を女豹のＲＥｏｎＡに向けていた。

それはまさにパブロフの犬的条件反射行動。

「な、なに、なによ突然——きゃっ⁉」

セクシーグラビアアイドルのお気に入りショットを見詰めながら、慎一は清純派トップアイドルの足コキで全身を息ませる。

ドギュどぷどりゅンッッドプどぷどぷぷンっ！

膨張しきったペニスの中を、灼熱の粘液がとめどなく駆け抜けていく。

視線をＲＥｏｎＡのグラビアから己の股間に向けると、肉先から迸る白濁液が土踏まずの凹みに直撃し、勢い余って璃乃の指先まで飛散していた。

綺麗なピンク色をしている五枚の爪が、こちらの脈動に合わせてビクビクと震える姿がなにやらとても背徳的でエロティック。

そんな光景を恍惚と眺めながら、思う存分射精をした。

「はふぅ〜。サイコーだったぁ〜」

牡欲の全てを排泄し終えると、右手で握ったままだった細い足首がプルプルと震えていることにやっと気付く。

それは先ほどまでの射精に合わせた、ビクビクした官能の震えとは明らかに違う。

なにやらとても嫌な予感がして、そーーっと視線を上げ——「ひぃぃッ⁉」

待っていたのは切れ長の瞳を半眼にし、凍てつくような視線でこちらを見下ろす美貌。

「アンタ今、最後に美紗緒ちゃんの写真を見てたわね。……目の前にリアルのアタシがいるってのに……し、写真でイクって……アンタ……」

「あっ、いや、それは……」

「このド変態の浮気者！」

「ぶぎゃあぁっ！」

汚れていない方の足で思い切り頭を蹴られた慎一は、床の上にひっくり返った。

浮気も何も、ここ最近はずっとＲＥｏｎＡ一筋でしたとは、もちろん突っ込めない。

と、そんな時である。

「ご飯、できましたよ～」

キッチンから夕飯を知らせる美紗緒の長閑《のどか》な声が聞こえてきた。

「このこと全部、美紗緒ちゃんに言いつけてやる！」

璃乃はそう叫ぶと、物凄い勢いで部屋から出ていってしまった。

「ちょっ、待て！　それだけは！　それだけは許してくれえぇぇっ！」

一つ年上の綺麗なお姉さんを嫁にしたいという夢が、瞬く間に遠ざかっていく。

「ぢぐじょ～。やっぱりアイツはこの家から出てけぇ～」

両方の鼻から鼻血をダラダラ噴き出しながら、血の涙を流す慎一だった。

# 第四章　取り柄はエッチな水着姿だけ

「これで完成です」

慎一の目の前で、美紗緒は手にしたタッパーの蓋をピッチリと閉じ冷蔵庫に入れた。

中には銀杏切りにした大根が、醤油ベースの漬け汁に浸っている。数日前に塩を振って重しをしたり、天日干ししたりと手間暇かけた一品だ。

「コレ、いつ食べられるんすか？」

「すぐに食べられますけど、味を馴染ませるのに一週間は待った方がいいですね」

「へぇ～。楽しみだなぁ」

慎一も天日干しする時に並べるのを手伝ったり、重しを運ぶのを代わったりした。

自分がしたことはそれくらいだが、なにしろ美紗緒と初めて一緒に作った料理（？）である。出来が楽しみでしょうがない。

(これでまた一つ、美紗緒さんとの仲が進展した――ような気がするぞ)

先日、写真集『ＲＥｏｎＡ』を持っていたことが璃乃によって本人にバレてしまったが嫌われることはなかった。それどころか新人グラビアアイドルは顔を真っ赤にしながらも「ありがとうございます」と頭を下げて礼まで言ってきたのだ。

『で、でも、コイツ、美紗緒ちゃんのことエッチなオカズにしてたんだよ！』

慎一をブンブン指さしながら唇を尖らせる璃乃に対し、美紗緒は大人の微笑を浮かべた。

『あの写真集を出すと決まってからは、そのような目的で男の人に買われることを当然、覚悟してました。私にはこの身体ぐらいしか、アイドルとしての取り柄がありませんからね。それに、アイドルは自分の一番のウリで世間を喜ばせるべきだ、と教えてくれたのは璃乃さんだったじゃないですか』

『……うぐぅっ』

(って唸った時のアイツの顔ったらなかったな)

美紗緒は自分がセクシーグラビアアイドル『ＲＥｏｎＡ』であることを、ちゃんと仕事として割り切れているようだった。

対して璃乃だが、例の新曲の修正バージョンが完成したとのことで、先ほどカラオケボックスに向かったばかり。

(これで今日は当分、美紗緒さんと二人っきりなんだよな)

と、慎一が内心ニヤニヤしていた時である。

チャラ～♪　チャララ～～ラララ～♪

美紗緒のケータイが鳴りはじめた。

ちなみに呼び出し音は『小春凪りの』が主演していたドラマの主題歌だ。

「……知らない番号からです」

栗毛のグラビアアイドルはサイドディスプレイを確認し、小首を傾げてから「もしもし」と慎重に電話に出た。

慎一はひょっとしたら芸能事務所の関係者かもしれないと思い、彼女の隣で身構える。

現在、事務所関係者からの電話は着信拒否設定していると言っていたが、他の電話からならいくらでもかけてこられる。

「……はい……ええっ、そうです………はい、はい——えっ⁉」

すると美紗緒がいきなり裏返った声を漏らした。

余程驚いたようで、西欧系の彫りの深い美貌がポカンと緩む。

隣の慎一がリアクションに困って首を傾げると、彼女はハッとし言葉を続けた。

「私の……わ、わわ私の——私の原稿が出版されるんですか‼」

その歓喜の叫びを聞いて、慎一は文字通り飛び上がる。

(マジかよ！)

思わず叫びそうになり、慌てて両手で口を塞ぐ。

今、確かに「出版される」と言った。

どうやら先日投稿した原稿が、出版社に採用されたようだ。

(やった！　やったぁ！　やったあぁあぁぁぁ！)

美紗緒の夢が叶ったのだ。胸の内で歓喜の連呼が止まらない。

「はい！　はい！　はい！」

栗毛のお姉さんも普段の物静かな彼女からは想像できないハイテンションで、電話の相手に相槌を打っている。

（やっぱり俺の目に狂いはなかった！）

彼女の原稿を読んだ時に、マジでイケるんじゃないかと思った。才能、あると思った。

（それにあんなに頑張ってたんだ。あれでダメなわけがない！）

なにしろ取材のため、このお淑やかな性格にもかかわらず、自分のペニスを手コキし射精までさせたのだ。

「はい！　はい……はい？　はい……ええ、まあ…………そうですけど……」

しかしなぜか急激に、美紗緒の声から喜びの色が薄くなっていく。

その違和感に慎一が軽く眉間に皺を寄せていると、

「…………ッッ」

遂に彼女は絶句してしまった。滅多にネガティブな表情を見せない美紗緒が、そのセクシーリップをなぜだか悔しそうに噛み締めている。

（ど、どうしたんだ一体……）

とても長年の夢が叶った者が浮かべる表情ではない。

そしてとうとう電話の相手に対し、相槌すら打たなくなってしまった。

慎一がわけがわからずに、オロオロしながら彼女を見詰めていると、

「……すいません…………今回のお話…………なかったことにしてください」

自ら出版を断った。長年の夢だった小説家デビューの話を、彼女自身が断ったのだ。

驚きで両目を剥いている男の前で、美紗緒は深く俯きながら力なく通話を切った。

「あ、あの……」

しわがれた声を絞り出したが、後になんと言葉を続ければいいのかわからない。

「……す、すいません…………暫く……一人にさせてください……」

対して美紗緒は深く俯いたままボソボソと囁き、足早にリビングを出ていってしまった。

一体なにがあったんだ？

本にはするけどメチャクチャ駄目出しされたとか？

それとも出来が悪すぎて、最初から書き直すようにでも言われたのか？

（でもそんなに酷い評価なら、いきなり本にするなんて連絡はしてこないよな……）

「……あーもう！　グダグダ考えてもしょうがねえ！」

出版業界のことなど全く知らない自分が、一人でアレコレと推測しても意味がない。

（んなことよりも、今俺がしなきゃなんないのは美紗緒さんのフォローだろ！）

激しく頭を掻きむしった後、彼女が居候している客間の和室に向かった。

暫く一人にしてくださいと言われはしたが、放っておけるわけがない。

「美紗緒さん……あ、あの、さっきの電話で一体なにを言われたんですか？」

しかし襖の向こう側からは返事がない。シーンと静まり返っている。

（ま、まさか……な）

脳裏に、思い詰めた表情をしてこの部屋に向かった美紗緒の顔がくっきりと焼きついている。ひょっとしてバカな真似でもしているんじゃないかと思い、慌てて手が襖に伸びた。

「……開けますよ？」

やはり返事がない。ますます不安になってしまい、慎一は焦る気持ちを鎮めながら、ゆっくりと襖を横にずらしてソッと中を覗いた。

「⁉」

ギョッとした。

姿見の前で蹲る美紗緒が、豹柄の水着姿をしていたからだ。しかも頭には豹耳の付いたカチューシャを乗せ、首には赤い首輪まで嵌めている。

写真集『ＲＥｏｎＡ』の姿そのままだ。

あまりに予想外な光景に、男は絶句し立ちすくんでしまった。

対してセクシーグラビアアイドルは襖を開けられても全く反応を示さず、鏡の中の己の姿を恨めしそうにジッと見詰めている。

(こ、これは……とにかく尋常じゃねえぞ)

ゴクリと生唾を飲み込んだ。そしてゆっくりとグラビアアイドルに近づいていく。

(うわっ……す、すげ……)

生で見る『ＲＥｏｎＡ』の水着姿はあまりに強烈だった。とくに上から見下ろすこの位置関係だと、その深すぎる胸の谷間に問答無用で視線が吸い寄せられてしまう。

慎一はそんな牡の本能をありったけの理性で振り払い、蹲る彼女の隣で片膝をついた。

「美紗緒さん。一体、なにがあったんすか？　俺なんかに話してもなんにもなんないかもしんないけど……それでもこのまま放っておけないっすよ」

対して小説家になることを夢見ていたグラビアアイドルは、表情すら変えずロを開こうともしない。

(ここで怯んじゃダメだ。とにかく美紗緒さんが普通に戻るまで絶対に一人にしねえぞ)

そのまま無言の時が暫く流れ――唐突に彼女が口を開く。

「……私の身体って……とってもイヤラシイですよね」

「……ッッ!?」

美紗緒がなにを口にしても、すぐにポジティブな言葉を返す心構えでいた。が、さすがにこれは言葉に詰まる。

「おっぱい……こんなに大きいですし、俗にいう男好きする身体ですよね」

彼女がなにを言いたいのかわからない。いや、無論セリフ自体の意味はわかる。しかし、それが先ほどの小説家デビューを断る一件とどう関連しているのか――。

慎一はハッとした。

「あの……ひょっとして、さっき電話かけてきた奴に、本を出させてやるからって……そ、その……スケベなことを要求されたりしたんですか？」

美紗緒はゆっくりと首を左右に振った。それに伴い栗毛のウェーブヘアがフワフワと揺れ、彼女の優しい香りが鼻腔を僅かにくすぐってくる。

「先ほどの編集者さん……そもそも、私の原稿を読んでいませんでした。原稿に添付したあらすじに軽く目を通しただけみたいでした」

「そんなアホな……。それじゃなんでいきなり本にしようなんて電話を……」

「原稿の出来にかかわらず……出版すれば、私の……ＲＥｏｎＡとしての知名度である程度は売れるって判断したみたいです……」

「ええっ⁉　なんで出版社の人間が美紗緒さんがＲＥｏｎＡだって知ってるんですか⁉」

「……それは……投稿条件に略歴を添付するように指示されてましたから……」

つまり編集者は彼女の原稿ではなく、履歴で採用を決めたということか。

「だから……表紙のカバーも……作品内容とは全然関係ない……わ、私のグラビアにしたいって言われました……」

それでは昨今のタレント本と同じノリだ。純粋に小説家としてのデビューを目指す彼女にとっては、これ以上ない屈辱だろう。

しかし美紗緒は慎一が考えている以上に『大人』だった。

「わ、私だって……子供じゃありません……。せっかくのチャンスだし……夢を叶えるためなら――好きな仕事ができるならそれぐらいは我慢しようって……。璃乃さんみたいに結果を出してから、自分の進みたい道を切り開いていこうって――編集さんのお話を聞いてて思いもしました……で、でも……」

セクシーグラビアアイドルは深く俯き、絞り出すように言葉を続ける。

「……送った原稿のヒロインを、あらすじだけ見て……わ、私というかＲＥｏｎＡをイメージしたキャラクターに書き直してほしいって……い、言われて……」

「そ、そんな……そんなの酷すぎる！」

美紗緒の投稿作は淡い雰囲気の恋愛モノで、ヒロインは引っ込み思案な女の子である。

それが『女豹のＲＥｏｎＡ』になってしまっては、内容が全く変わってしまうではないか。そんなこと素人の自分にだってわかる。

あまりの仕打ちに慎一は涙ぐんだが、美紗緒は激しく首を左右に振った。

「……いいんです。それはそれでショックでしたけど……、原稿の書き直しなんてプロになれば当たり前だと思いますし、それでデビューできるならって……でも、でもぉ……」

美紗緒の瞳の端に、ぶわっ、と大粒の涙が浮かんだ。

「……か、かき……書き直すのは…………っっ……他の……ラ、ライターさんがするから……わ、わたしは何もしなくていいって……ッッ……い、言われて……」

つまりゴーストライターを使うということか。

以前、タレントが自身の本を出版する発表記者会見を開いた時に「私、まだ読んでないんですけど」とポロリと漏らしてしまったことがあったのを思い出す。

有名人の本をゴーストライターが執筆することなど、この業界ではそれほど珍しいことではないのだろう。売れっ子タレントだと、まともに執筆する時間も取れないはずだ。

電話してきた編集者も、この件に関してだけはよかれと思って言ったことに違いない。

しかし、純粋に作家を目指している者にとっては、これほど屈辱的なことはないだろう。

(美紗緒さんは、俺が思っている以上に――マジなんだ)

たとえ、グラビアアイドルとしての知名度がデビューのきっかけでも構わない。

投稿作のヒロインを百八十度変更し、全編書き直す根気も覚悟もある。

それだけなりふり構わずひた向きに、そしてしたたかに夢を叶えようとしている美紗緒でも――いや、だからこそ、
ゴーストライターの起用だけは飲むことができなかったのだ。

「いくら世間知らずな私でもわかります！　綾文美紗緒の書く小説が……こ、この……こ

のＲＥｏｎＡのおっぱいに敵うわけないんです！　私の取り柄なんて、この……このエッチな身体だけなんです！」

親の借金を肩代わりした芸能事務所も、ＣＭを餌にしてきた大企業のお偉いさんも、皆が美紗緒本人ではなく、このＲＥｏｎＡボディだけに目を付けて金で取引しようとした。

そして、ルックスなど関係なく作品内容だけで評価されると信じていた小説の世界まで、同じ扱いを受けたのだ。

彼女がどれだけ傷つき、ショックを受けたことか。

しかし慎一はそんな絶望の叫びに対して、被せ気味に叫んでいた。

「んなことないよ！　美紗緒さんは、他にもいいとこいっぱいあるよ！」

普段の柔らかな物腰や、家事万能で細かいところまで行き届く気配りナド、彼女の場合、むしろ悪いところを見つける方が難しい。

肉体的な美しさは確かに群を抜いているが、精神的な美しさはそれ以上だ。

そしてなにより――。

「美紗緒さんの小説、メチャよかったって！　そりゃー俺なんて本そんなに読んでるわけでもないし、それこそ字ばっかの本読んでるとすぐに眠くなっちゃうタイプだけど、でもそんな俺でも美紗緒さんの小説はスラスラと読めたもん！　続きが気になってページを捲る手が止まんなかったもん！　コレってマジで凄くね？

だから作家・綾文美紗緒のファンとして言わしてもらうけど、お、俺は……俺は綾文美紗緒の小説がもっと読みたい！

もうバレちゃってるからぶっちゃけちゃうけど、俺ってＲＥｏｎＡのスゲーファンだった。写真集も持ってるし、もし新しいのが出てもソッコー買ってたと思う。

だけど！　……そ、そのぉ……夜のオカズはほかにもいっぱいあるけど、俺が時間を忘れてワクワク楽しんで読める小説は、美紗緒さんの小説だけだから！

だ、だから、その……なんか上手く言えないけど、俺にとってＲＥｏｎＡの代わりは他にもいるけど、作家・綾文美紗緒はこの世で一人だけだから！

美紗緒さんは俺にとってこの世でオンリーワンの小説家だから！」

途中、俺はなにを力説してんだ、と思わなくはなかったが言いたいことは言えたと思う。

「……夜のオカズ、って…………慎一さんエッチすぎです」

「……す、すんません」

「それに私の小説だけ楽しんで読めるというのは、私と知り合いだからですよ」

「いや、そんなことは――」

それだけは違うと本心から言おうとする前に、彼女が言葉を続ける。

「でも嬉しいです。一番、自分の小説を読んでもらいたい人に、そう言ってもらえて……」

すると彼女の瞳がスッとこちらに向けられた。

この部屋で最初に見た焦点の定まらない虚ろな視線とは正反対の、熱気さえ感じさせる碧眼にジッと見詰められ、慎一はなぜかドキンと胸が高鳴る。

「……私……慎一さんに出会えてよかった……。だって、小説の中だけじゃなくって……本当の恋を——男の人を好きになるってことを……知ることができたんですから」

「ふえっ？」

まるで美紗緒が自分のことを好きなようなセリフに虚を突かれる。

しかし、そんなことあるはずがない。自分の勘違いに違いない。

「そ、それってどーいう……」

意味なんですか、と真意を訊ねる前に美紗緒が顔をさらにゆっくり上げてきた。

もともと目鼻立ちのはっきりとした、西欧系のセクシーな美貌が涙に濡れて、今の彼女は身震いするほど色っぽい。

慎一は言いかけたセリフの続きを忘れ、思わずそんな美紗緒に魅入ってしまう。

二人はそのままジッと見詰めあい——言葉にできない濃密な空気が間に漂った。

「……慎一さん」

すると突然、美紗緒がソッとその涙に濡れた瞳を閉じる。

（えっ？　こ、これって……）

まるで口づけを待つ表情だ。しかし本当にそうなのかここまできても自信が持てない。

なにしろ自分は年齢と彼女いない歴がイコールの男である。

試しに恐る恐る相手の両肩を掴んでみたが、全く嫌がる素振りは見せなかった。それどころか瞼を引き続き閉じたまま、キスを急かすように顔を心持ち上げてくる。

（わっわわわわっ⁉　ま、まじかよぉ！　美紗緒さんがこんな俺なんかを⁉）

目の前の現実が信じられない。

先ほどのセリフは自分の勘違いなどではなく、彼女の告白だったのだ。

心臓が喉の奥から飛び出しそうなほど、胸がさらに急激にドキドキしてくる。

男はゴクッと大きく喉を鳴らし、無様に的を外さないようしっかり目を開けたまま、ゆっくりと顔を落としていった。

チュッ。

（おおぉっ⁉　美紗緒さんの唇チョー柔らけぇ！　それにスゲーぷりっぷりしてる！）

こうして経験するまでは、キスなどただ愛を確かめあうための、象徴的な行為だと思っていた。性的な意味では、実はそれほど気持ちいいものだとは考えていなかったのだ。なにしろ子供が見るようなテレビドラマの中にすら、普通に演出されている。

とんでもない勘違いだった。

たまらなく気持ちいい。背筋にビリッと電流が走るような、痺れるような愉悦を感じた。

見開いていた瞳がトロンと蕩けるように閉じていく。

慎一は無意識に首を傾けて顔をよりクロスさせ、唇の密着感をさらに深める。

「んっ……んんっ……」

美紗緒が甘い吐息を漏らしながら、ソッとこちらの背中に両手を回してきた。

身体同士はまだ密着していないが、その遠慮がちな手付きと、唇で感じている瑞々しい柔らかさが男をますます興奮させる。

（くわあぁぁぁっ！　た、たまんねえぇぇっ！　たまんねえよおぉぉぉぉっ！）

この状況で、若く健康な男子がいつまでも理性を保っていられるはずもない。

なにしろキスの相手は、連日夜のオカズにしていたセクシーグラビアアイドルなのだ。

しかも素顔を知ってからは、お嫁さんにしたいとずっと思っていた憧れの人である。

興奮で煮え立つ脳みそが、どピンク一色に染まったその直後――。

「み、美紗緒さん！」

思わずその場に押し倒してしまった。

対して女豹姿のグラビアアイドルは悲鳴を上げることもなく、ポーッと赤らんだ顔でこちらを見上げている。

そんな年上お姉さんの艶顔に見惚れながらも、牡としての本能がその下にある魅惑的すぎる膨らみに視線を向けさせた。

「あ、あの……お、おっぱい……さ、触って……いいっすか？」

興奮と緊張で情けないほど声の上擦った言葉に、相手がコクッと小さく顎を引く。

男は恐る恐る手を伸ばし、豹柄水着の上からその大きすぎる膨らみをゆっくりと掴んだ。

（す、すげえ……）

触れた指が水着越しにもかかわらず、ムニュンとどこまでも深くめり込みそうな柔らかさに息を飲む。それでいてただ柔らかいだけでなく、心地よい弾力で掌を押し返してくる。

「くふっ……そ、そんなにじっくりと……んんンっ……」

美紗緒が漏らす甘い吐息を耳にして、ますます指先に意識が集中していく。

（こ、これが……おっぱい……）

どこまでも柔らかな感触に緩みはなく、むしろ乳肉の密度の濃さを強く感じる。

それだけに物凄いボリュームだ。

広げた指で脇から谷間に向かって、すくい上げるように揉んでみると掌にズシッとくる。

巨乳の子は肩コリに悩まされやすいと聞くが、確かに納得の重量感だった。

「あ、ああ、あの、ブ、ブラ……めくっちゃってイイっすか？」

そう問う声は先ほど以上に興奮で上擦り、ほとんど裏声状態。

「……慎一さん……あ、あの、そ、そんなこと……お、女の子にいちいち聞かないでください。……は、恥ずかしいです」

美紗緒は顔を真っ赤にしたままプィと横を向いてしまった。

一つ年上とは思えないその可愛らしさに、慎一は鼻血を噴き出しそうになる。

妖艶なルックスで、でも実はお淑やかで家庭的でしっかり者のお姉さん。それでいてチラッと稀に垣間見えるこのウブッぽい仕草が、ますます男心を刺激する。

（……でも確かに美紗緒さんの言う通りだよな）

言われなければこの後もずっと、イチイチ相手の了承を確認していた気がする。

その様子を想像してみると、確かに女性は恥ずかしいだろうし男の方は情けなく映る。

（つまり好きにしていいってことだよな！）

慎一の指は迷わず、小さな布切れと細い紐だけで構成された豹柄ブラに伸びていた。

もともと水着本来の目的でデザインされているわけではないため――。

「ふぁっ……で、でも、いきなりそんな――ひひゃん⁉」

たいした抵抗もなくプリンとカップが左右に剥ける。

「おわあぁっ⁉」

目の前に現れた美紗緒のバストに、驚きと歓声の入り混じった呻きが漏れた。

まるで生クリームでできているような濃厚さ漂う肌の白さ。その頂点にポツンと乗っている鴇《とき》色の鮮やかな突起。ほんの僅か脇に向かって巨大な釣鐘型の盛り上がりを流しているその姿が、桁外れた柔らかさと重量感を同時に感じさせる。

「じ、直に触られると余計に、ああンっ……胸がジンジンと熱くなってきます」

左手でワシ掴みにすると、ブラ越しでの予想通り指がそのままムニュンと丸ごと沈み込んだ。それでいて掌をしっかりと押し返してくる弾力もやはり併せ持っている。

(うわわぁぁ！　ふわっふわのプリンプリンだぁ！)

こんな気持ちいいモノを、今までの人生で一度も触ったことがない。

「くふふぁん……あぁっ……そんな、お、おっぱいだけずっと……っくふぁあっ……」

それだけに我を忘れ、夢中で揉みしだいてしまう。

すると、童貞の自分でもはっきりわかるほど、鴇色の先端がピンピンに勃ってきた。

「……ぉぉ……」

脳内ではっきりと聞いた。ココをしゃぶって、というニップルの声を。

「ああンっ！　ふひゃんんっ……あぁっ……そ、そこは――んはああんっ！」

気付いた時には夢中で特大バストにむしゃぶりついていた。

その勢いはまさに腹を空かせた肉食獣。

男を『ケダモノに変える肉食ボディ』という写真集の謳い文句に偽りはなかった。

「そ、そんなにソコだけ、ああんっ……つ、強く――くひゃあああぁン！」

ガチガチの乳首を舌先でくるみ強く吸い上げると美紗緒が甘く鋭い声を漏らす。グラマーな女体もそれに連動してビクンと震える。

その感度のよさが男の興奮をさらに煽り、限界まで唇を絞るようにしてさらに強く乳首

を吸ってしまう。硬い突起を舐め溶かそうと、夢中で舌を躍らせてはレロレロレロレロレロっと先っちょを弾き続ける。

「んんっ――んっはぁ！　あんっ……んっふぁぁあぁっ」

ほんの僅かな舌先の動きに合わせて、グラビアアイドルの声の高低が変化する。長い睫毛が細かく震え、八の字になった眉の間に悩ましげな皺が寄っていく。

これほど高く盛り上がり厚みのある乳房の先端が、ちゃんと彼女本人を感じさせている。

そんな当たり前の現実が、なんだかとても官能的だ。

（い、いかんいかん……おっぱいばっかに夢中になってちゃ……）

散々揉み尽くし、しゃぶり回して、遅ればせながら自戒する。

慎一は鼻息荒く美紗緒の下半身に移った。

ぴったりと閉じられている彼女の脚を、両膝を掴んで開かせる。そうして豊かすぎる胸からは想像できない細いウエストに結ばれた、豹柄水着の腰紐をゆっくりと解く。

「ああっ。……ど、どえだけにゃ、恥ずかしいがねぇ……」

美紗緒が方言丸出しでそう呟くと、横になったまま両手で顔を隠してしまった。

対して慎一はハラリと露出した女の秘部に視線も意識も釘付けだ。

（こ、これが美紗緒さんの……女のアソコ……）

まず視界に飛び込んできたのは、豊かな栗色の茂み。

見るからに柔らかそうな毛質で、自分の縮れてゴワゴワしている陰毛とは大違いだ。

なにより童貞男の意識を引きつけたのは、その生え際である。

現役セクシーグラビアアイドルだけに、かなりの急角度でビキニラインが処理されていた。しかしこの家に居候するようになって被写体としての仕事をしなくなったためか、ビキニラインの外側の陰毛が短く伸びはじめている。

(アソコの毛に……だ、段差ができてるよぉ～)

豊かな茂みで形作られたデルタスペースと、その外側で短く伸びている栗毛との高低差がたまらなく生々しい。

「あ、あの……私…………へ、ヘンじゃないですか？」

美紗緒はキュッと瞳を閉じたまま、恐る恐るという感じで訊ねてきた。その口調から察するに、茂みの段差には気付いておらず、女性器自体のことを訊ねている雰囲気だ。

「全然そんなことないっす！　めちゃくちゃ綺麗っす！」

慎一はそう即答し、ゴックンと大きく生唾を飲み込んでから、視線をさらに下に向けた。

「うわぁぁぁ……」

厚みのある大陰唇が熟れたザクロのようにぱっくりと開き、その内側で息づいているしなやかな小陰唇たちを覗かせている。

濃い桃色の花弁たちは、まるで朝露を湛えたバラのようにすでに濡れていた。

（さっき、おっぱいモミモミしながら乳首をしゃぶっただけで、もうこんなにビチョビチョになってるんだ……）

いくら童貞でも、相手がすでに受け入れＯＫ状態になっていることが察せられた。

（も、ももももう辛抱できん！）

いまだズボンの中にある男根は、いつ暴発してもおかしくないほどいきり立っている。

「あ、あの……し、ししし、しますよ！　あの……そのシ、シちゃいますよ！」

さすがにセックス本番だけは相手の同意を求めてしまう。

聞いたわけではないが、彼女が処女なのは疑いようがない。

美紗緒は股間を剥き出しにされてから、ずっと閉じていた瞳をゆっくりと開いた。

真っ赤な顔でこちらに向けられた視線は、行為をはじめるきっかけとなった悔しさや悲しみの涙ではなく、明らかに官能で潤んでいた。

視線が合うと一つ年上のお姉さんが、まるで子供のようにコクッと顎を引く。

（う、うな、頷いた、ってことは、お、おおＯＫなんだよな——うわ、うわわわわ⁉）

慎一もつられてガクガクと激しく頷き、猛烈なスピードで服とトランクスを脱ぎ捨てる。

そして軽く開いたままになっている、美紗緒の股間前に両膝をついた。

左手でがっちりと相手の太腿を掴み、ヘソにつきそうなほど反り返っている己の男根を右手を使い彼女の入り口に差し向ける。

緊張と興奮で指先が震え、なかなか的を捉えられなかったのだが――ちゅぷり。

敏感な肉先が女の潤みを感じた瞬間、ゾクリと背筋に愉悦のパルスが走った。

あとは吸い込まれるように、腰が勝手に前へと進み出す。

――ぬずっヌずるるるるっ――。

埋まっていく。充血しきってパンパンに張り詰めた亀頭が、幾重にも折り重なる牝肉を掻き分けるようにして、憧れの人の中へと突き進んでいく。

「つくっ……ンっ……んんっ………」

対して美紗緒はギュっと瞳を閉じ、片手を口元で握り締め、フルフルと頬を震わせながら自分を受け入れてくれた。

しかし、ゆっくりと突き進むキツイ牝肉路の中ほどで、なにかが弾けるようなパンという衝撃を慎一が感知したその直後。

「つ……っんっ――んはあぁぁあっ！」

軽く丸めるようにしていた彼女の背筋が弾けたように反った。

（い、今のってやっぱり……）

美紗緒の処女を自分が奪った瞬間だ。すでに根元まで打ち込んだペニスは、破瓜の衝撃に驚いた膣襞たちにギュンギュンとキツく引き絞られている。

「だ、大丈夫っすか？」

自分の腹の下でグラマーな女体を反らせたまま、ビクビクと全身を震わせている美紗緒に思わず問いかけてしまう。

「……だ……いっ……じょうぶ……です」

一つ年上のお姉さんは、激しい震え声で途切れ途切れにそう口にした。

(とても大丈夫ってカンジじゃないな……)

それは慎一も同様だ。肉先で感じる愛液まみれの細やかなうねりや、竿肌をきつく締めつけてくる膣襞たちのあまりの心地よさに、頬が小刻みにプルプルと震えている。

このまま腰を肉欲の赴くまま突きまくりたい——その欲望を、美紗緒に対する気持ちでなんとか抑えつけた。

「……美紗緒さん。チューしよう」

「は、はい……——んんっ」

慎一は下半身で繋がったまま上半身を傾けて、彼女と再び唇を重ねる。

たとえセックス中でも、やはりキスは気持ちいい。その快感は色褪せるどころか、ますます深く感じられた。

「んちゅん——んんっ……し、しんいちさぁん——んんっ、ンっ、んちゅンんん……」

美紗緒もキスなら痛みを感じないためか、両手をこちらの背中に回し、自ら顔の角度を斜めにして積極的に唇の密着度を増してくる。

（……し、舌……入れてもいいかな？）

ファーストキスを先ほど経験したばかりで、それ以上に激しいキスはしたことがない。

しかしセックスまでして、ディープキスがまだというのもおかしな話だ。

慎一はきつく唇を重ねあわせたまま、慎重に味覚器官を相手の口内に入れてみた。

直後――ビクン、と女体がはっきり震える。

しかし嫌がる素振りは全く見せない。それどころか、おずおずと美紗緒までもがこちらの舌に自分の舌を合わせてきた。

ゾクゾクゾクゾクっ！

唾液に濡れる味覚器官を互いに絡めあわせたその瞬間、ただのキスとは比較にならない快感が脳天まで突き抜ける。

（なにこれ⁉　メチャクチャ気持ちいい！）

想像以上の肉悦に、相手の舌を求めて舌が勝手に躍り出す。

――ヌるるンっ、ヌルるるンっムチュぬちゅくちゅちゅルル。

己の唾液を相手の味覚器官に味わわせるように、二枚の肉片が絡みあう。激しく蠢く舌によって男女の唾液は混じりあい、まるでよく練った水飴のように白く泡立っていく。

「んんっ……ンっ――んッ、んんんっ……」

それをさらに二人でねぶり捏ね回し、新たに湧き出る唾液へ溶かし続ける。

甘く漏れる美紗緒の吐息からは、痛みに耐えるような響きが消えていた。

挿入直後はまるで異物に抵抗するようだった膣襞たちのキツすぎる締めつけも、多少は緩和してきている。一番奥まで埋め込んだ肉先では、熱い蜜液がそこからトプトプと溢れ出ていることも感知していた。

（も、もう大丈夫そうだな……）

ぬるりと舌を引き抜く。と、こちら以上にディープキスに熱中していた桃色舌が、遠ざかる肉片を求めて名残惜しそうに宙を舐めた。

（うわぁ……エ、エロぉ……）

なにしろ今の美紗緒は豹耳カチューシャに首輪付き。

エッチなペットがご主人さまを誘惑するため、舌舐めずりをしたような表情だ。

それにポカンと魅入ったこちらの顔を見て、自分が晒した顔の卑猥さに気付いた年上お姉さんが、直後に頬を真っ赤にする。

「や、やだ……」

（……しかも、たまらなくカワイイ）

これほど妖艶なルックスと、グラマラスな肉食ボディをしている癖に、中身は性にウブで恥ずかしがり屋なのだからたまらない。

その激しすぎるギャップに、今にも我を忘れそうだ。

「う、動きますよ！」

結合してからずっと我慢していた腰の動きを、それでも慎重に、そしてゆっくりと開始する。ガッチリと噛みあっていた膣襞たちを、一杯に開いた肉傘が磨り潰すようにヌずるるるっと擦っていく。

（やっぱまだスゲーキツキツなままだ……。でも）

痛みやひっかかりはまるで感じない。

こちらの太腿まで濡れるほど愛液を分泌し、破瓜の力みも消えている。

「はああんっ……凄く、奥まで……慎一さんが届いてますぅ――ああンっ！」

背中を掴む指先や漏れる声に悩ましさは籠もったが、痛みに耐えるような色は窺えない。

（よし。もう遠慮なく動いても大丈――ぶっ！）

慎一の意識をいきなり釘付けにしたのは、僅かなこちらのピストン運動に合わせて、重たげにタプンタプンと揺れる二つの特大バスト。

なにしろ自分はおっぱい好き。しかもデカければデカいほどいいというタイプである。

そんな男が初体験で、いきなりこのダイナミックタップンを見せられてしまっては――

興奮するなという方が無理な相談だった。

「ああン！　そんな、い、いきなり――ああン！　は激しっ、すぎっんはあぁぁぁぁ！」

腰が勝手に加速していく。ペニスが女体を深く貫き、激しくえぐっていく。

蜜液まみれでトロトロの肉路を亀頭が何度も掻き分け、襞の深い蜜壺が自分の竿肌にしっくりと馴染んでいく。男根を根元まで埋めるたびに黒く縮れた己の陰毛が、美紗緒のフワフワとした栗毛ヘアと絡みあう。

「んはあぁッ！　お腹の中が内側から捲れかえるみたいで……くふぁ、慎一さんので奥をズンってされると――っはぁ！　ま、まるで喉まで届いてるみたいですぅ！」

一つ年上のお姉さんが荒い喘ぎ声混じりに、自分の背中にしがみついてくる。

プルンと厚みのあるセクシーリップを半開きにしてハアハアと息を乱しながら、官能に潤みきった上目遣いでジッとこちらを見上げてくる。

「い、いまの美紗緒さん……チョー可愛い」

たまらずキスをした。美紗緒の身体に覆いかぶさり、再びお互いの舌が溶けあうような貪婪《どんらん》なディープキスに没頭する。

「んんっ……しんいちさぁ――んくふぅうっん！　っふぁ……んちゅっ――んんンっ！」

腰は長いストロークで楕円を描き、ズンッズンッと力強く奥を突いていく。

(美紗緒さんの中、奥までトロトロのヌルヌルでチョー気持ちいい！)

剥き出しの性粘膜を直接交わりあわせる快感に、意識が蕩けていくようだ。

肉先が最深部に当たるたび、貪るように舌を絡めあう口内で相手が「ンふっ、ンふっ」と鋭く喘ぐ。グラマーな女体全体がビクンビクンと小刻みに震え、ペニスに馴染みはじめた膣襞たちが淫らに激しくくねり出す。

（すげー感じてる……。奥から熱いのがトプトプ溢れてきてたまんねえ！）

女の漏らす甘い吐息とは対照的に、興奮を深める男は「ンフっー、ンフっー」と下品なほど荒い鼻息を吹き出しながら全身を躍動させていた。

ゆっくりした楕円運動だった腰つきが、いつの間にか小刻みで短いストロークの前後運動へと変化している。

（美紗緒さん！　美紗緒さん！　みさおさああぁぁぁん！）

それでいて、彼女の最深部をズンと突く時の力強さは変わらない。

一つ年上のお姉さんに対する憧れと、ＲＥｏｎＡという極上の牝肉に対する劣情——。

そんな溜まりに溜まった憧憬と獣欲を、まるで彼女の中に刻みつけるようにガシガシとペニスを突いていく。

「んんっ〜〜！　ッッッ！　ンっ！　んんっンんッッ！」

それに合わせてＭ字に開かれた女豹の両足が淫らに宙を掻き、舌を絡めあう口内で、彼女のどもった喘ぎ声が大きくなっていく。

（うわぁぁ！　もう美紗緒さんが感じすぎて、舌までビクビクしはじめたぁ！）

夢中で慎一にしがみつき、背中に爪を立てるように力を込めてくる。

セクシーグラビアアイドルの、あまりに官能的なその反応に男は興奮を極め、一際その獣欲を爆発させてズンと力一杯最深部を突き上げた。

「んっ～～！　ッッッ――ンはあぁあぁっ！」

そんな渾身の一撃に耐えきれず、美紗緒がとうとう顎を反らして絶叫する。

ビクンっビクンっと全身を再び弓なりに反らせ、特大バストが官能の汗を撒き散らしながら大きく弾む――そのエロティックすぎる光景に、男の理性も吹き飛んだ。

「ああっ！　美紗緒さん！　美紗緒さぁぁあぁぁん！」

覆いかぶせていた上半身をガバッと起こす。両手で彼女の太腿を抱えるようにしっかりと掴み、捕らえた女豹を絶対に逃さないようにして――ズンズンズンズンズズン！

全身を波立たせるような、ガムシャラな突入を開始する。

それでいて男の視線は目の前で弾む特大バストに釘付けだ。

胸全体が官能の汗で濡れ光り、生クリーム製プリンのように濃密だった白肌が、今ではストロベリーを混ぜたようなピンク色に染め上がっている。

そして――だぷだぷだぷだぷだぷだぷ――っるン！

あまりに激しい突入に、捲ったままにしていた豹柄ブラがツルンと再び元に戻った。

セクシーグラビア撮影用の水着でもブラはブラ。

形を維持しようとする最低限の機能は持っていたようだ。

（うわああっ、ＲＥｏｎＡだ！　俺今ＲＥｏｎＡとエッチしてるうぅぅっ！）

しかし豹耳カチューシャに首輪まで嵌めた完全なREonAスタイルなのに、パンティだけ穿いていない。栗毛ヘアに彩られ、ざっくりと割れた牝裂だけが剥き出しで、それを自分のペニスが深く貫いている——たまらないシチュエーションだった。

自分の動きに合わせて、牡の征服欲を刺激せずにはいられない赤い首輪が揺れる。数えきれないほど夜のオカズにした豹柄巨乳がリアルに弾む。

しかもそれは、先ほどまでの柔肉の赴くままの自由な弾み方ではない。小さいとはいえブラに収まったことにより、深い胸の谷間を維持したままの窮屈そうな上下運動。

本来もっと大きく弾むところを途中で戻ってくるために、パツンパツンと小気味よい効果音が聞こえてきそうな、それは淫らな動きだった。

「んはあぁぁっ！　いいっ！　慎一さんのがすごくイイぃっっ！　奥までっ、届いてああんっ！　気持ちいいぃいぃいっ！　ああっ慎一さん！　慎一さあぁあぁぁん！」

そしてとうとう美紗緒が、子宮から直接絞り出すような官能の絶叫を迸らせる。

あのお淑やかで清楚な美紗緒を、女豹のREonAに変えたのはこの自分。

そう実感した直後、全身で昂ぶり続けていた肉悦が限界レベルへと到達し——。

「わ、わたしずっと、ああン！　し、慎一さんが好きでした！　見ず知らずの私をこの家に受け入れてくれた時から、ずっと私ッッしんいちさんがあああぁあぁぁ！」

憧れの人からの、このどストレートな告白に男のハートもドキドキマックス状態。

「俺も好きでした！　ずっと美紗緒さんのことが！　ずっとずっと！　ああっ！　も、もうイクッ！　イッちまううぅぅっ！」

「わたしもですっ！　なにか腰の奥から来ます！　あぁっ！　あああぁあぁあぁっっ！」

美紗緒は絶叫すると共に、女豹姿のグラマーボディを息ませた。

淫らに宙を掻いていた両足の指が限界まで丸まり、ペニスを包む膣襞たちがビグビグビグビグっと尋常ではない痙攣をはじめる。

（イッてる！　美紗緒さんがイキまくってる！）

このまま共に果ててしまいたい。

首輪を嵌めたＲＥｏｎＡの肉食ボディに、思いっきり種付けしたい。

しかし、欠片ほど残っていた理性が、真の獣と化すことを引きとめた。

（でも、これは違う！　俺が抱いてるのはＲＥｏｎＡじゃない！）

目の前にいるのは妄想で何度も汚したセクシーグラビアアイドルではない。

ＲＥｏｎＡのコスプレをした、現実を生きる綾文美紗緒さん、だ。どれだけ熱烈な告白をされようと、無責任に中出しをするわけにはいかない。

奥歯を思いっきり噛み締めて、肉欲に堕ちきる寸前で男根を引き抜く。

そうして正常位の膝立ち姿勢のまま、愛液でヌルヌルになったペニスを掴んで前を見た。

そこには激しいセックスの果てに絶頂し、全身をヒクヒクさせているＲＥｏｎＡの艶姿。

何度も妄想でむしゃぶりついたビッグバストが大胆に下乳を見せて震えている。

しかし慎一の脳裏を今独占しているのは――。

「あぁぁぁあぁっ！　美紗緒さあぁぁあぁぁん！」

お淑やかで家庭的な彼女にずっと募らせ続けた憧憬の思いが強烈な高揚感となり、熱い濁流となって剛直したペニスに一気に集約した。

ドギュン！　ドプドギュどぷドプドプン！

凄まじい勢いで弾き飛んだ第一弾は、ブラをしていても丸見えな下乳にビチャンと直撃。続けて二発同じところで白濁液がブバッとはぜ女豹が「あはン」と甘い声を漏らす。

最初の勢いが緩んでもザーメンの排出は止まらない。

とめどなく溢れ出る灼熱液が、薄くてしなやかなグラビアアイドルの腹の上にぶちまけられ、綺麗な縦割れヘソに白濁の池を作っていく。

何度も写真でオカズにした肉食ボディを、己の排泄液で白く染め抜いた。

頭の中身が全て溶け出すような恍惚感の中、慎一は陶然とその光景に見入っている。

「っくふぁ……っふぁぁぁ……」

そして男は全てを出し終えると、膝立ちの状態からがっくりと上半身を前に倒す。

左手を床につきハアハアと肩で息をしながら、官能の余韻にどっぷりと浸っている美紗緒と視線を交わした。

二人はどちらともなく瞳を閉じ、ゆっくりと唇を重ねあう。

それは的を外さないように目を開いたままましたぎこちないファーストキスとも、行為中の興奮をより高ぶらせるための貪るようなディープキスとも違う。

身体を一つにした男女による、お互いの気持ちを確かめあうような優しい口づけだ。

しかし慎一はまだ若い。しかも相手は肉食ボディのセクシーグラビアアイドル。

余韻を味わうキスだけでも、イッたばかりの男根がビクンと力を取り戻す——のだが。

「うふふっ。今した素敵な経験を、さっそく次の投稿作に生かさなくっちゃ」

あんな思いをしたばかりだというのに、彼女は再び小説家になる夢を復活させていた。

自ら身体を起こすと手コキ取材の時と同じように、熱心にメモを取りはじめる。

慎一としてはこれほど嬉しいことはない。

(んだけどさぁ……。ソレはソレ。コレはコレだよなぁ……)

股間の分身は猛りを収めず、ＲＥｏｎＡ姿のまま豹柄巨乳をプルプル揺らしてメモを取るグラビアアイドルの姿に、はしたないほど勃起していた。

無論、夢に燃える美紗緒に、もう一回ヤリませんかとは口にできない。

(この後、久々に……『ＲＥｏｎＡ』をオカズにしちゃおうかな……)

元気を取り戻した美紗緒の姿に心の底から喜びながらも、たははっ、と苦笑するしかない慎一だった。

# 第五章　アンタのことなんて大っ嫌い！

高階家の朝。三人は朝食をとるために食卓を囲んで椅子に座っていた。

慎一の向かいには璃乃が座り、料理担当の美紗緒は冷蔵庫や炊飯ジャーに近い、慎一から見て左手の位置。

ちなみに今朝は、炊きたてご飯に豆腐の味噌汁、そして焼魚という純和風の献立だ。

「あっ。そういえば」

配膳を終えた美紗緒が、冷蔵庫から取り出したのは大根の醤油漬け。

それを小鉢に取り分けて、慎一たちの前に並べてくれた。

「あっ」

思わず声が漏れる。これは一週間ほど前に自分と美紗緒が二人で漬けた一品だ。

男は思わず初体験相手に視線を向けた。すると一つ年上のお姉さんが、なにやら共犯者めいた表情でニコッと微笑む。

（はぅ～～♥　美紗緒さぁ～ん♥）

その笑顔を見ただけで、なぜだか無性に床の上をゴロゴロと転げ回りたい気分。

が、それはさすがに自粛して「へへへへっ」とだらしない笑みを浮かべるだけに留めた。

すると正面から顔に鋭く突き刺さる視線を感じた。チラッとそちらに視線を向けると、清純派アイドルが箸先を口に咥えながら瞳を半眼にし、じ～っとこちらを見詰めている。

慎一はなんだか気恥ずかしくなりコホンと一つ咳払い。

「い、いただきま～す」

気を取り直して大根の醤油漬けに箸を伸ばし、ご飯と一緒に口の中に掻き込む。

（おお～!?）

美味い。漬ける前の天日干しの効果なのか、ほのかに香ばしい風味がして、炊きたてのご飯と一緒に食べると箸が止まらなくなる。

「おはぁはぁり！」

口いっぱいにご飯をモグモグさせたまま、空になった茶碗を左に突き出す。

「そんなに慌てて食べたら、身体に悪いですよ」

栗毛のお姉さんは、まるで保育園の先生のようにメッという表情をしながらも、茶碗を受け取りご飯を多めによそってくれる。

「はぁ～い」

それに対し口の中のモノを全て飲み込んだ自分までもが保育園児のような返事をしたためか、おかわり茶碗を手渡そうとした美紗緒が思わずクスッと笑いをこぼす。

慎一もつられてプッと吹き出し、そのまま二人は笑顔になる。

（あ～。なんかめちゃくちゃイイ感じだぁ～）

と、しみじみ幸せを感じていると――ゴチン！

「いてぇっ！」

前の席に座っている璃乃が突然身を乗り出し、頭の天辺をゲンコツで殴ってきた。

「な、なにすんだよいきなり！」

しかしこちらの抗議にも、赤髪のトップアイドルはツンと顎を逸らすのみで答えない。

そして、おもむろに味噌汁の椀を手に取りズイッと一啜り。

「美紗緒ちゃん！」

「は、はい！」

「コレちょっとしょっぱい……こ、こともないけど……でも具が！　お、美味しい――だ、だだだから、お、美味しいお味噌汁ね！」

璃乃はそれだけ言うと、改めて味噌汁をズズッと啜りプイと再び横を向いた。

「……は、はぁ？」

さすがの美紗緒もポカンとした表情をして、気の抜けた声を漏らす。

（コイツ……さっきからなにがしたいんだ？）

年長の男女が顔を見あわせ、同じように小首を傾げる。すると――。

「ッッ～～～っっ！」

璃乃が唇を～型に波立たせ、顔までなぜか赤くしてこちらを睨み——ゴチン！

再び、慎一の頭をゲンコツで殴ってきた。

「だから、なんなんだよお前は一体！」

男がいくら抗議しても、トップアイドルは不機嫌そうに唇を尖らせて、

「アンタなんて大っ嫌い！」

と叫びツンと顎を逸らすだけだった。

※

美紗緒が別の出版社に新たな原稿を送るため、先ほど家を出ていった。

その帰りに近所のスーパーで食材の買い物をしてくるとのこと。

つまり当分、この家には慎一と璃乃しかいない。

(よし、いい機会だ)

ここ数日の彼女の不可解な行動を、直接本人に問いただしてやろう。

ただしかし——不可解ながらも慎一は、一つだけ気付いていることがある。

自分に対して理不尽な暴力を振るってくるのは、決まって美紗緒が居る時だった。

「う～～む」

思い返してみると写真集『ＲＥｏｎＡ』を見つけたあたりから態度がおかしくなった。

そして美紗緒と初経験してから、不機嫌な態度が決定的になった気がする。

（ってことは……俺に美紗緒さんを取られたとでもおもってんのか？）

年下の先輩と、年上の後輩という本来なら微妙な関係になりそうなのに、二人は実の姉妹なんじゃないかと思えるほど仲がいい。

そんな親友を、常々バカにしていた男に取られてヤキモチでも焼いているということだろうか？　自尊心が極めて高い璃乃ならば、充分に考えられる理由だった。

男は自分の考えをまとめると、さっそく、己の部屋を出てリビングに向かった。

「おい。ちょっとお前に話がある――おっ。これは……」

部屋に入ると璃乃は今日もソファに座り、テレビを見ていた。

しかもそれは『小春風りの』の出世作であるドラマの再放送。

主役は人気アイドルグループのイケメンで、メインヒロインも当時すでに演技派女優としての評価を不動のものにしていた美人女優。

璃乃はサブヒロインで、主役の男が片思いをしている神社の巫女さん役だった。

その透明感溢れる清楚なルックスが無口で神秘的な巫女役に嵌まり、放送当時から主演の二人を食うほどの人気を集め、一気に清純派トップアイドルへと登り詰めたのだ。

髪を黒く染めたテレビ画面の中の『小春風りの』は、今見てもやはり清楚で可憐で、溜め息が漏れるほどの純和風な美少女ぶり。

慎一は璃乃を問い詰めることも忘れ、エンディングが流れるまで再放送を見てしまった。

（い、いかん、いかん……）

ここに来た理由を思い出し、男は慌てて口を開く。

「お、おい。お前なんか最近ずっと機嫌が悪いみたいだけど、一体なんなんだよ。なんか言いたいことがあるならさっさと言えよ。らしくねえぞ」

「……別に。なんでもないわよ」

「別になんでもない奴が、なんでいきなり人の頭を殴ってくんだよ」

「うっさいわね。殴りたくなるんだから、しょーがないでしょ」

「な、殴りたくって、って……お前なあ……」

それで毎日、頭の天辺をゴッチンゴッチンされてはたまらない。

「……俺と美紗緒さんのことが面白くねえんだろ？」

慎一はいきなりズバッと自分の推測を口にした。

「えっ!?」

対して璃乃が切れ長の瞳を丸くする。手応えアリだ。

「俺と美紗緒さんが仲よくなったから、それでヤキモチ焼いてんだろ」

「……ッッ」

今度は清楚な美貌が真っ赤になった。まさにビンゴの顔である。

「やっぱな。美紗緒さんを俺に取られると思ってんだろ。んな心配しなくってもーー」

と男が一つ年下のナマイキ美少女を諭そうとした時である。

「ぷっ」

相手がいきなり吹き出した。すぐさま片手で口元を覆うのだが、瞳を三日月型にして、激しく肩が震えているのは笑いを我慢している証。

「おい。なに肩プルプルさせてんだよ」

と慎一が唇を尖らせた直後、耐えきれなくなった璃乃が「アハハハハハッ！」。

こちらを片手で指さしながら、喉チンコが見えそうなほどの大口を開けて大爆笑。

「――ここは笑うところじゃねーだろ」

男はそれを茫然と眺めているしかない。

「……ホント、アンタって相変わらずアホね」

やっと爆笑を終えた清純派トップアイドルが、瞳の端に浮かんだ笑い涙を指先で拭い、こちらをジッと見詰めてくる。

「……相変わらずって言うなよ。まるで昔から俺のこと知ってるみたいな――」

慎一はそこまで言ってハッとした。

ちょっと待て。なんか思い出した――今みたいなこと、昔もあった気がする。

クソ生意気な年下のヤツに指さされ、意味がわからず爆笑されたことが。

こちらを向いている恐ろしいほど整った清楚な美貌が、幼い頃の記憶を呼び覚ます。

「あっ⁉」

慎一がポカンと口を半開きにすると、璃乃がサラッと横髪を払った。

「ふん。やっと思い出したみたいね」

あれはまだ幼い頃、父親の趣味である登山につれていかれた時のこと。

その時、父の登山仲間も子供を連れてきていた。

随分と変わった名前で一つ年下。赤髪ショートで生意気そうなガキだった。

顔が異様に整っていて、それでいて気の強い表情をしているから、ますます生意気そうに見えたことを思い出す。

ソイツは登山が初めてだったようで、最初は元気にピョンピョン跳ねていた。

父親に注意されても一向に収まらず、そしてすぐにバテはじめる。

そのガキは顔付き通り強情な性格で、父親に「疲れた」と言うこともできずに今にもへたり込みそうな様子。子供同士ということで近くを歩いていた慎一は、リュックの中身を少し自分が持ってやると提案した。がソイツはそんな必要ないと即答。

どうしようもないほど意地っ張りなガキだった。

しょうがないから年上のこちらが折れてやり、なら交換しよう、と口にする。俺はコレが欲しいから、コレと交換しよう、と。重いものと軽いものを交換してやった。

そして立ち上がる際、ソイツの手を取ってやった時、

「お前、女みたいな名前だから、手まで女みたいだな」

と、その柔らかな感触に自分は思ったままを口にした——その直後だ。

最初はポカンとしたソイツは、直後に腹を抱えて大爆笑。なにが面白いのか意味のわからない自分は、ただただキョトンとするばかりで——。

「……シシドウ……リノ——獅子堂璃乃か！　お、お前……女だったんだな！」

あの時のクソ生意気そうな年下のガキが年頃となり、今では人気急上昇の清純派トップアイドルに育っていた。

「色んな意味で、アンタ気付くのが遅すぎるわよ」

璃乃がホトホト呆れた口調で呟き、そして探るような顔付きで言葉を続けた。

「……あの時、アタシがアンタにした……相談話は覚えてる？」

問われて男はさらにその時の記憶を振り返る。

その後ソイツは——ガキの頃の璃乃は登山中、ずっと自分の隣を歩いていたはず。

そしてポツポツと学校でのことを語り出した。

「えーと、その頃からお前は今と同じ性格で、周りから浮きまくってるって言ってたな」

そのためなかなか友達ができなくって悩んでいた。

もっと周りに合わせるようにして、友達を作った方がいいのか、と。

「んで俺に、お前ならどんな子と友達になりたい、って聞いてきたんだ、確か……」

そこまで思い出して男は首を傾げた。

「……あれ？　俺なんて答えたんだっけ？」

「アンタ……。アタシの人生変えたセリフを忘れたの？」

「じ、人生って……お、お前大袈裟だな……」

「大袈裟じゃないわよ。いいアンタはね——。

『でも俺なら、そーゆーの嫌だなぁ。

だって嘘の自分と友達になった友達なんて、嘘の友達じゃん』

って言ったのよ。それでアタシは迷いが吹き飛んだんだから。だからアタシ友達の人数は少ないかもしんないけど、美紗緒ちゃんみたいに、ありのままの自分を好きになってくれる、本当の親友ができるようになったんだから」

「へ、へー」

そこまで聞いてハッとする。

「……そ、それじゃあ、素の自分でアイドルしたいっていうのも……」

「そうよ。他にもいろいろ理由はあるけど、一番の根っこはアンタに言われたからよ！」

ありのままの自分で芸能活動したいと聞いた時は、なにを子供じみた我儘を、と思った。

せっかく売れてるんだから大人になれと。

それは当然だったのだ。

なにしろ子供が口にしたセリフを、この歳になっても純粋に守っていたのだから――。

慎一が立て続けに明かされる衝撃の真実に、ただただ唖然としていた時である。

「だからもうぶっちゃけちゃうけど、アタシはあの時からアンタのことが好きだったの！」

「ふへっ⁉」

それではここ数日の彼女の不可解な言動は、美紗緒と仲よくしている慎一へのヤキモチだったのか⁉

びっくりしすぎて腰が抜け、床にヘタッと尻もちをついてしまった。

璃乃はそれに合わせるようにズザッと床に両膝をつき、身を乗り出すようにしてこちらの顔を覗き込んでくる。

「そ、それでアンタはどうなのよ？　アタシのこと好き？　嫌い？」

そう問いかけてくるトップアイドルの表情は、いつもの強気一辺倒なものではなく、こちらの返事にドキドキしている恋する乙女顔。

「お、俺は……そ、その……」

彼女がこの家に来てからの記憶が、走馬灯のように脳裏を駆け巡る。

強気で高飛車で自信満々な言動に呆れながらも、

――その奔放さや真っ直ぐさに、惹かれていなかったと言えば嘘になる。

そもそもこの家におしかけてきた最大の理由は美紗緒を守るためだろうし、今の中堅事務所から移籍しないのも世話になった義理のためだろう。毒舌アイドルになるというのも、たとえ自分が芸能界のヒール役になってでも、今の業界をより活性化させるためでもある。

一見、好き勝手の我儘し放題に見えて、実は周りがよりよくなるために行動している。

そのためなら、自分が他人に嫌われたって構わない。と腹をくってその他人のために尽くすような女の子を――。

「……き、嫌いなわけねえだろ」

「じゃあ好き？」

「……し、知らねえよ」

あまりに熱烈なその視線に耐えきれず、男がプイッと横を向いた。と、そんな時、

「あーもー！　はっきりしなさいよ！」

それまでの恋する乙女モードだった璃乃の表情が、いつもの強気フェイスに一変する。

「おわっ、ちょっ、おまっ……」

乗り出すような四つん這いのまま、一気にこちらとの間合いを詰めて――。

「おわあぁぁぁっ!?」

尻もちをついたまま仰け反る男の上に、彼女が馬乗りする形で押し倒されてしまった。

そのまま顔を下に――慎一に向けてくるから、長い赤髪がサラリとこちらの顔に垂れて、甘い香りが鼻腔を満たす。

「……アンタ……美紗緒ちゃんと……エ、エッチ……………シタでしょ？」

ぎくうぅっ！

「やっぱシタんだ」こちらの顔を見ただけで璃乃はムッとしながら断言した。「ホント、隠し事のできない奴よね、アンタ」

「う、うっせい！」

「……そっか……そっかぁ…………」

璃乃はそれだけ言うと深く俯いた。長い赤髪に隠れて顔が見えなくなる。

「……あ、あの……璃乃？」

慎一が恐る恐る声をかけると、やけに可愛らしく「クスン」と鼻を啜るような音が聞こえた――気がする。しかしその直後には璃乃はガバッと顔を上げ、勢いよく目元を右手で拭ってから、そのまま横髪をフサァと払った。

「アタシの辞書に不戦敗って文字はないのよ！　だからアタシともエッチしなさい！」

「な、なな、なに言い出すんだ、お、お前！」

「つべこべ言ってないで、こ、ここうしてやるぅ！」

両手でこちらの襟をガッチリと掴み、真っ赤に染まった清楚な美貌が物凄い勢いで迫ってくる。その頭突きでもカマされるような勢いに、慎一は思わず目を瞑ったのだが、

「――んんっ⁉」

唇にふわっと柔らかな感触が押しつけられ、すぐに驚きで両目を見開いた。

（き、きききキスぅぅっ⁉）

目の前では清純派トップアイドルが、真っ赤な顔でうっとりと瞼を閉じている。

勝気な性格でもその唇は柔らかく、口づけはとても心地よい。

（こいつも……女なんだな）

こちらの襟首を両手で掴んで放さない相手に触発され、自然と男の両手も相手の背中を抱き締めていた。

「んんっ……んっ、んっ――」

それと同時にトップアイドルが甘い吐息を漏らし、力んでいた両手から力が抜けていく。

「っぷふぁ」

キスを終えて璃乃が再び上半身を起こす。対して慎一はあまりの急展開で腰が抜けたままなのと、物理的にマウントポジションを取られているため身動きが取れない。

すると相手はキュッと唇を引き結び、自ら上着のカットソーの裾をガバッと捲り上げ、

「ちょっ、おまっ……いきなりなにを……」

そのままブラまで脱ぎ捨てる。

まるで大きなお椀を伏せたような、丸みに全く垂れも乱れもない、推定Eカップのビューティフルバストが現れた。

鮮やかな桜色の頂点はとても小振りで、乳暈エリアもかなり小さい。

それだけに形のよい乳房の豊かさがより際立つ。数年前はぺったんこで男と間違える身体付きだったのに、今ではグラビアアイドルだって充分務まるセクシーボディに育っていた。

璃乃は顔を真っ赤にしたまま、唖然とし続けている幼馴染みの手を取ると——ぽいん。

自らの胸にそれを押しつけてきた。びっくりして手を引こうとしても、アイドル本人がその上からギュっと手を押さえ込んでくるため、掌が柔らかな丸みにめり込んでしまう。

「……ア、アンタ……大きめなおっぱいが好きなんでしょ……。ど、どうよコレ」

美紗緒に比べれば小さいが、一般的な基準で考えれば充分巨乳の部類である。

しかも中に若い柔肉が、高密度でギュっと詰まっているような極上の感触だ。

(す、すげープリンプリンだな、このおっぱい)

思わず指を開閉させてその弾力を確かめたが、揉んでいてとにかく心地よい。

巨乳好きの慎一は、胸の善し悪しが大きさだけで測れないことをこの時初めて実感した。

「ああン。っッ……はぁ——あぁんっ」

加えて感度も抜群だ。璃乃の口からすぐに鼻にかかった甘い声が漏れはじめる。

慎一はその可愛らしすぎる声色に、思わず相手の顔をマジマジと見詰めてしまった。

桜色の唇をハアハアと震えさせているその顔は、普段の強気オーラ漲る表情とまるで違う。常に周りを威嚇するような力みが消えて、素の彼女の美貌が際立っていた。が。

「……ッッ!?　も、もう。だ、だめよ、おっぱいばっかり……。ここじゃ美紗緒ちゃんと勝負になんないんだから！」

自分から胸を触らせた癖に、璃乃は逃げるように馬乗りしていた男の腹から降りてしまう。そして両手で自らの頬を挟みながら顔を俯け、こちらに背を見せる。

どうやら無防備な喘ぎ顔を見られたのが、とてつもなく恥ずかしいらしい。

普段、あれほど強気で高飛車な態度なのだから、その気持ちもわからなくはなかった。と、いきなり璃乃はなにを思ったのか、スカートの中に自ら両手を突っ込み、勢いよく下着を脱いで四つん這いになる。

「うわぁあぁぁ……」

その姿に思わず感嘆の溜め息が漏れた。

ダンスレッスンに舞台、演劇、コンサートなどなど。長年のタレント生活で磨かれたスマートボディは健康的に引き締まり、長く均整のとれた四肢とのバランスも素晴らしい。それでいて小振りな臀部はしっかりと牝の丸みを帯びている。

その、まるで剥き立て卵のようにツルンとした小尻をこちらに突き出すポーズで——。

「あ、あの……だから後ろから…………エッチして」

人気爆発中の清純派トップアイドル『小春凪りの』に、四つん這いのおねだりポーズでこんなことを言われては、あらがうことなどできはしない。

慎一はポムンと顔から湯気が立ちそうなほど急激に大興奮。

脳裏に浮かんだ一つ年上の栗毛お姉さんに「ごめんなさい」と謝りながら、その魅惑的すぎる下半身に飛びかかろうとした——のだが、

「ただし！」

「は、はひぃ」

いきなり発せられた鋭い声に、待てを命じられた犬のようにピタッと止まる。

「……………や、優しくしないと……許さないからね」

チラリと振り返った璃乃の顔には、こちらを頼るような表情が浮かんでいた。

ドキン！

その可愛らしさに心臓が口から飛び出そうなほど強く脈打ち、慎一は直後に掴んだ尻を両手で激しく撫で回していた。

「あはンっ……ッツ……あンッッ……っんはぁっ」

ヒップも感度は抜群で、前を向いたトップアイドルが可愛らしい喘ぎ声を上げ続ける。

加えてその感触のよさも一級品だ。

よく引き締まった臀部の筋肉群を、柔らかな牝脂が根を張るように薄くコーティング。剥き立て卵のようにツルンとした尻肌を形よく丸く盛り上げている。

その弾力と柔らかさの絶妙な二重構造に、手の動きが止まらない。

（……ア、アソコはどーなってんのかな）

一通り牝尻の感触を楽しんでから、今度は尻タブをギュっと掴み、それを大きく左右に開いてその谷間を覗き込んだ。

ほんのりと薄桃色に色づいた皺の少ない小穴の下に、縦筋一本の女性器が見える。

やや薄めの大陰唇がピッチリと閉じられて、中の小陰唇が全く窺えない。

美紗緒のように幾重も牝弁が咲き誇る熟れた牝華ではなく、まだ蕾の状態だ。

その感想はさらに視線を下に向けて確信に変わった。

（パ、パイパン……）

璃乃はまだ生えていなかった。

フロントデルタの柔肌を見る限り剃っているようにも見えない。牝肉が中にギュっと詰まっているような乳房の若い感触といい、彼女の身体はまだ半熟のようだった。が。

（うわぁ……もう、アソコがトロトロになってるよぉ）

しっかりと閉じられた牝裂からはすでに透明な愛液が溢れ出て、太腿の内側まで濡れ光らせていた。経験人数が一人の慎一でも、彼女が特別感度のよい体質だとわかる。

（た、たまらん……）

立て続けに見せられる強気アイドルのギャップボディに、慎一はもう我慢ができなくなっていた。物凄い勢いでズボンを脱ぎ、トランクスを脱ぎ捨てて、漲りきった男根を彼女の入り口にあてがう。

『今日からアタシたち、この家で世話になるからよろしくね』

『アタシはね。毒舌アイドルの道を切り開くつもりよ』

『アンタなんて大っ嫌い！』

『だからもうぶっちゃけちゃうけど、アタシはあの時からアンタのことが好きだったの！』

我儘でナマイキで気が強くって高飛車で、それでいて義理堅く友達思いな姉御肌。

そんな幼馴染みに、自分が強く惹かれはじめていることを改めて自覚しながら——。

ぬぐヌずるるるるルっ。

ペニスをゆっくりトップアイドルの中に埋めていく。

（す、すげーキツキツだぁ……）

しっかりと閉じた薄めの大陰唇のその奥は、いきなり肉の壁のような感触で、牝路が先へと続いているように思えない。それでも熱い潤みを頼りにペニスを奥へと埋めていく。

亀頭に受ける凄まじい抵抗感が、くびれた腰を掴む男の指に力を込めさせる。

「あんんッッ——」

両肘を床につけた四つん這いで前を向くアイドルが、なにかに耐えるようなくぐもり声で顔を僅かに俯けた。両手の指を一杯に開いて床を掴みながら、絹のような赤髪をサラリと下に流し、眩しいほど白いうなじを丸見えにさせる。

（コイツって……後ろ姿までチョー美人なんだよな）

彼女の背中は無駄な贅肉が一切ないため、切れのよい陰影が美しく連なっている。だからこそ、柔らかな牝脂のギュっと詰まった尻の丸みがなお際立つ。

慎一がその光景を陶然と見下ろしながら尻を抱き、腰に体重をかけるようにして男根を奥へと埋め続けていくと、

「――んはああっっ！」

俯いていた顔が勢いよく上を向き、赤髪がパアッと弾けるように宙を舞った。尻を掲げる姿勢を維持するために踏ん張っていた脹脛が、ビクンと鋭く一震え。

璃乃の処女を、自分が散らした瞬間だ。

ただでさえ狭い牝肉路が限界まで収縮し、膣襞が竿肌に食い込むように締めつけてくる。

その密着感は凄まじく、奥から溢れ続けている蜜液の熱気が、肉棒の芯まで直接染み込んでくるようだ。掴んでいるウエストもビクビクと激しく痙攣し、床についていた彼女の両手がいつの間にか強く握り締められていた。

「ああっ――は、入って、く、くるぅぅ……し、しんいちがぁ、んはあぁぁぁぁっ」

糸を引くように絞り出される声も、破瓜の痛みのためかはっきりと震えていた。

慎一はその声を聞きながらジッと動かず、相手と一つになった余韻に浸る。

（お、俺みたいなフツーの奴が……）

誰でも名前を知っているような、トップアイドルのバージンを奪ったのだ。

剥き身の性器を直接混じりあわせている肉体的な快感だけではなく、そんな男としての凄まじい優越感が胸の奥から湧き出てくる。

「だ、大丈夫か？」

しかし、自分が今こうして抱いているのは清純派アイドル『小春凪りの』ではない。

「あ、当たり前よ……っんっ……構わず続けて……いいわよ」

毒舌アイドルとして芸能界の『天下』を狙う、獅子堂璃乃だ。

処女喪失直後でも強がり、気丈に振る舞うその姿はさすがと言うしかない。

（でもコイツ……今、どんな顔してんだろ……）

どうしても、前を向いている強気アイドルの表情が見てみたくなった。

しかし「お前の顔が見たい」と言っても絶対に振り向かないだろう。

男は身体を後ろから覆いかぶせるようにして、彼女の耳元に口を寄せる。

「……璃乃。俺、お前とキスがしたい」

直後、身体を繋げている女体がそれだけで、感電でもしたようにビクンと鋭く痙攣した。

「な、なな、なにを……突然……」

「ダメか？」

「……そ、そんなことはないけど……」

後ろから丸見えな、眩しいほど白いうなじが急激に濃い赤色へと茹だっていく。

慎一はもう我慢できなくなって片手を伸ばし、相手の細い顎を掴みこちらに向かせた。

「……ッッ！」

璃乃の表情に息を飲む。自分の前では常に強気一辺倒だった美少女が、凛々しい眉をヘニャンと垂らし、瞳の端には大粒の涙を溜めていた。

（か、かわええ……）

テレビの中の清純派アイドル『小春凪りの』の清楚な可愛らしさが演技なら、目の前のこの顔は、正真正銘、素の彼女の可愛らしさだ。

たまらず首を伸ばしてキスをした。慎一は唇を重ねると、それと同時に舌を差し込む。

「ンんっ……んっ……ッッ～～っっ！」

後頭部が痺れるようなディープキスの快感を、ナマイキな幼馴染みに味わわせる。

なにしろ唯一の性経験で、破瓜したばかりの相手をコレで落ち着かせた実績がある。

加えて慎一は純粋に、このカワイイ年下の幼馴染みと口腔粘膜でも思いっきり交わりあいたかった。対して璃乃は、当初両目を大きく見開いたが、がむしゃらに舌を絡め続けているとその瞳はすぐにトロンと閉じられた。

どこもかしこも敏感体質な清純派アイドルは、キスの弱さも予想以上。

「んはぁン……こ、こんらのぉ――ンちゅっ……あぁンっ……んンンンっ」

密着させた口腔内で瞬く間に、鼻にかかったような甘い喘ぎ声を漏らし出す。

熱烈で濃密なディープキスにより、破瓜の痛みはすぐにトロけてしまったようだ。

(コイツ……エッチしてる時だけはマジでカワイイっつーか、しおらしいな)

これで本格的にセックスをはじめたら、どんな反応を見せるのだろうか？

想像しただけで、鼻息が荒くなる。

慎一は顎を掴んで強引に後ろを向けさせていた美貌を解放し、前に倒していた上半身を起こして背筋を伸ばした。そして改めて彼女のくびれたウエストを両手で掴み、まずは極力ゆっくりと腰を動かしはじめる。

(すげーキツキツなのに、奥までヌルヌルのトロトロで――た、たまんねえ)

ペニスの先端から根元まで、それこそ竿肌に浮く血管の溝に至るまでもが膣襞たちと密着し、しっくりと蕩けあうような一体感である。そんな中で肉棒を動かせば――。

「っあくふぁぁあッッ……」

眉間に突き抜けるような鮮烈な官能が迸り、情けないほど甘い吐息を漏らしてしまう。

「し、しんいちもぉ……っふぁ……き、気持ちいいんだねぇ、ふはぁあぁっん――」

甘く喘ぐ璃乃にそれを揶揄されたわけでもないのに、慎一はカッと顔が熱くなった。

その恥ずかしさを誤魔化すため、口が勝手に相手を責める言葉を紡ぎ出す。

「……さ、さっきからオマエ、尻の穴がスゲーひくひくしてんぞ」

「なっ⁉　……ちょっ、へ、へんなところ見ないでよぉ」

四つん這いで尻を抱かれた幼馴染みが恥ずかしそうに身をよじる。

しかし、細いウエストを両手でがっちりと押さえつけられているため、尻の谷間をこちらの視線から逃がすことはできない。

「んなこと言ってもオマエがこの前、自分で自分のことをもっとエロい目で見ろって言ってたじゃねえか。ほら、また今ヒクッてしたぞ」

「……ッッ⁉」

「だから、ずっとガン見してやる。マ○コの奥をズンッってされるとキュッキュッって窄まるエロいケツの穴を、エロエロな視線でずぅ～～っとガン見しててやる」

意地悪なセリフをやめられなかったのにはもう一つ大きな理由がある。璃乃がこちらの一言一言に対して敏感に反応し、ビクビクと女体をビクつかせ続けていたからだ。

(こ、こいつ……性格は明らかにSの癖して、体質は実はMなのか？)

美紗緒とは違った意味で、璃乃もかなりエロい身体をしていた。

こんな反応をされては、腰の動きが止まらなくなる。

男の下腹に打たれる小尻が、たむん、たむん、と小気味よく弾み出す。そして慎一の言葉通り、動きに合わせて谷間の小穴もキュッキュッとレスポンスよく皺を深める。

「あはアンっっ……ああンっ……ッッんはあぁン！」

加えてこの喘ぎ声の可愛らしさはなんなのだ。僅かに鼻にかかったような、恥じらいを含む甘い艶声が、リビングルームに充満していく。

（それにこの尻、ものスゲー抱き心地！）

璃乃の身体はよく引き締まっていて見た目はスレンダーな癖に、全身の筋肉が健康的によく発達している。やはりこれも舞台などの長年のタレント業の効果だろう。

だからこそ下腹が打つ牝尻の柔らかなまろみに加え、その際の女体自体の反発力が凄まじい。こちらの獣欲を全て受け止め、それを丸ごと肉悦に変えてフィードバックしてくるような素晴らしすぎる抱き心地に――。

パンパンパンパンパパパパパン！

瞬く間に尻を打つスピードが上がっていく。

「アンあんあんアンあああああンっ！」

それに合わせて、喘ぎ声も比例して上擦っていき、ますます男の動きを速めさせる。

「気持ちいいか？　俺とのセックス気持ちいいか？」

「う、うん！　き、気持ちいい！　慎一のが凄く気持ちいい！　すごく感じちゃうっ！」

てっきりまた、強がったセリフが返ってくると思っていた。

その際にはまた意地悪なセリフで言葉責めして、敏感M体質なスレンダーボディをビクビクさせてやろうと思っていた。しかし――。

「ああン！　す、すごいよおぉ……し、慎一のが、ああアン！　アタシのお腹の中を掻き回してるみたいで、っンはああっ！　もっと、もっともっとお尻を突いてぇぇっ！」

璃乃の言動から完全に、いつものトゲが消えている。

（デ、デレた⁉）

普段のツンな言動とのあまりのギャップに、慎一の鼻息がさらに荒くなる。

再びどうしても生意気アイドルの顔が見たくなり、今度もやはり背中に覆いかぶさった。

「お、おい。こっち向け」

璃乃は普段の強情さが嘘のように、言われるまま後ろをスッと振り向く。

（うわっ⁉）

慎一の突入に合わせて細い顎をガクガクと躍らせながら、切れ長の瞳は官能で潤みきり、たまらなく切なそうな視線でこちらを見詰めてくる。そして普段、憎まれ口しか叩かない桜色の唇は、今はハアハアと控え目に息を乱していた。

（今のコイツの可愛さは反則だ！）

男がただただその愉悦一色に染まった美貌に見入っていると――。

「ああン！　も、もうアタシ……んはああっ！　慎一ぃ、しんいちぃぃぃっ！」

むちゅうッッ――と璃乃の方からキスをしてきた。

窮屈な姿勢にもかかわらず精一杯首を伸ばし、自ら舌まで深く入れてくる。うっとりと瞳を閉じながら夢中で舌を絡め、口蓋から歯茎までもねぶり回してくる。

それはまるで大好きなご主人さまの顔を舐める、小犬のような情熱的な舌使い。

一舐めごとに『アタシ、あなたが大好きです』と告白されているようだ。

ゾクゾクゾクゾクゾクゾクっ！

そのいじらしすぎる熱烈なキスに、背筋に凄まじい官能の震えが走る。

直後、左手で思いっきりトップアイドルの肩を掴み、がむしゃらに舌を絡めあった。

そして右手は女体の前に回し、後ろから弾むバストを思いっきりワシ掴みにする。

唇で、舌で、乳で、尻で、そして女性器で——トップアイドルの全身で味わう肉悦と、ツンな幼馴染みが見せるデレデレな可愛らしさに、男の性的興奮はマックス状態。

牝尻と下腹がパンパンとぶつかる間隔がみるみる狭くなっていく。

腰の奥で強烈な官能の高ぶりが発生し、瞬く間に引き返せない領域に到達した。

「い、いきそうっ！　もう、い、いくっ！」

璃乃の唾液でドロドロになった舌でそう叫ぶ。

「い、いいよっ！　アタシもイキそうなの！　このままアタシの一番深いところを慎一でいっぱいいっぱい思いっきり突きまくり続けて！」

窮屈な姿勢で後ろを向いていた璃乃も、こちらの口元と淫らに練った唾液の糸を結んだ

まま、桜色の唇でそう叫ぶ。

二人は超至近距離で熱烈に見詰めあい、再びお互いの唇の形が歪むほど濃厚なディープキスをした後に顔を離した。

男はガバッと身体を起こし、改めてくびれた腰をガッチリと掴み激しい突入を開始する。

対して女は前を向き、両手両膝で床に踏ん張るような四つん這いでそれを受け入れる。

パンぱんぱんパンずぱばばばばンッ！

牡は他の動きを忘れてしまったように激しく、鋭く、小刻みに腰を振りまくる。

牝はその見事な赤髪を振り乱し、珠の汗を飛び散らせながら何度も顎を仰け反らせる。

「んはあぁぁあぁっ！　イイイッ！　奥まできてるぅっ！　とどいてるうぅぅぅぅっ！」

それはまさに獣の交尾。

肉欲の赴くまま牡牝の生殖器官を一つにする、最も原始的な体位での愛の交わりだった。

慎一の全身に愉悦の紫電が猛烈な勢いでビリビリと駆け巡り、指先から脳みその皺の溝に至るまで、肉悦の火花がバチバチと弾けまくる。

璃乃の反応はさらに凄まじい。

スレンダーな背中を形作る薄く小さな筋肉群がビクビクと個別に痙攣し、彼女の全身を駆け巡る肉悦の稲妻の迸りっぷりが目に見えるようだ。

加えて溢れる愛液でヌルヌルのグチョグチョになっている膣襞たちは、爆発寸前の剛直を舐めるようにしゃぶり回し、噛み千切るように絞り上げてくる。

「イク！　いくうぅ！　りの！　りのおぉぉおぉぉおっ！」

このまま中に出すからな——そう叫べば彼女は二つ返事で同意するだろう。

しかし璃乃は芸能界で、やり残したことが山ほどある。

慎一は思いっきり深く腰を突き入れてから、欠片ほど残っていた理性を振り絞り、男根を幼馴染みの中から引き抜いた。

愛液まみれの肉棒を掴むと同時に、細い尿道の中を灼熱のザーメンが迸っていく。

ドギュんンッ！

白濁の初弾は、セックス中に言葉責めした薄桃色の皺穴にビチャッと直撃。

「はうん！」

前を向くトップアイドルは鋭く喘ぎ、その一撃で両手が肘からガクンと崩れ、尻だけを高く掲げた姿勢で上半身を床に落とす。

ビチュビチャビチャっ！

続けざまに迸る精液が、璃乃のアナルから尻の丸み、踏ん張る太腿に至るまでを白濁色に染めていく。それに合わせてスレンダーな敏感ボディが小刻みに鋭く痙攣し、とりわけ小尻の尻エクボがビクンビクンと跳ねるように震え続けた。

「くはあぁ……つっ……つくふぁあぁ……」

慎一は欲情の全てを幼馴染みの下半身に向かって吐き出し終えると、息ませていた全身から力を抜いてその場にへたり込んだ。

対してやっと後ろからの衝撃のやんだアイドルは、いまだ激しすぎた初体験の余韻でハアハアと息を乱しながら、気だるげに上半身を起こす。

そして白濁液でドロドロに汚された自分の下半身にチラッと視線を向ける。

「もう……へんなところにかけるんだから」

セックス直後のポーっと上気した艶顔で璃乃がこちらを睨んできた。

しかしその口調に普段のトゲトゲしさはなく、窘めるというよりは甘さの方が勝っている。そして、いまだ官能的に潤む瞳がこちらをジッと上目遣いで見詰めながら——。

「……慎一のエッチ」

と一言呟き、恥ずかしそうにプイッと横を向いた。

ドキン！

その言動に、慎一の胸が大きく高鳴る。

(や、やべえ……お、俺……)

もう自覚しないわけにはいかない。

どうやら美紗緒だけではなく、一つ年下の幼馴染みにも本気で惚れてしまったようだ。

「あ、あの、あの……俺……その……お、お前が俺なんかのことを……その……」

どうすればいいのかわけがわからずしどろもどろで、意味のある言葉が出てこない。

するとと璃乃の横顔が、突然ハッと我に返ったように硬直した。そしてセックスの余韻で官能的なピンク色に上気していた頬が、みるみるうちに真っ赤に染まる。

「な、ななーんてね……バッカみたい！　まんまとアタシの演技に騙されちゃって！」

「は？　なに突然言い出すんだよ……。俺のこと前から好きだったんじゃねーのかよ？」

「い、いい今のは演技の練習よ！　ふん！　好きって一言言ったら、簡単にコロっと騙されちゃって、男ってほんと単純でバカで、どーしようもない生き物ね！」

セックス中の態度から考えて、いくらなんでもこのセリフが彼女の本心だとは思えない。

「んな強がんなくってもいいって、もう。……お前、俺のこと好きなんだろ？」

「す、すすす好きって……ッッッ！　一般人のクセに自惚れてんじゃないわよ！」

璃乃は瞳を吊り上げて赤髪まで逆立てると、いきなり右のこぶしを振り上げて――。

ゴヂンッッッ！

「いてええぇえええぇぇ！」

頭を思いっきりグーで殴られ、男はフルチンのまま床の上をのたうち回ることになる。

(ツンデレにもほどがあんぞ！　ってかホントに俺、コイツとエッチまでしたのか？)

フンと顎を逸らしてこちらに見向きもしないトップアイドルを見上げながら、さっきのは夢だったんじゃないかと思わずにはいられない慎一だった。

# 第六章　おしかけアイドル、最後の日

「ふ〜〜ん。そんなことがあったんだ」

行為後のドタバタとしたやり取りが一段落してから改めて、

『そもそもどーしてアンタみたいなヘタレが、美紗緒ちゃんをゲットできたのよ』

と璃乃に問い詰められ（コレが、ついさっきあれほど熱烈に告白した男に向かって言うセリフか？　やっぱりアレは俺の妄想だったのか？）、今、美紗緒が自ら出版を断った経緯を説明し終えたところである。

それを慰めているうちにいい雰囲気になって、二人は結ばれたのだ。

「そこで俺が言ったんだ。美紗緒さんの涙に濡れた瞳を見詰めて――」

「ちょっと待った」

が璃乃はいつもの調子で、こちらの話を強引にぶった切り口を挟んでくる。

「んだよ。こっからが俺の一番かっこいいところで――」

「はいはい。そんなキモい話はあとあと。で、話を戻すけどさ。美紗緒ちゃん、まだデビューしたばっかなのよ？　仕事らしい仕事なんてあの写真集出したぐらいだし……。ＲＥｏｎＡって名前だけで、確実に採算取れるだけ本が売れるなんて、出版社は思わないと思うんだけど」

慎一もハッとした。確かに生意気な幼馴染みの言う通りだ。

自分は『ＲＥｏｎＡ』を毎晩のようにオカズにしていたから、むしろトップアイドル『小春風りの』より身近な存在だった。しかし世間的な知名度はほとんどないはずである。

「――ん？　いや、そっか……そーいうことなのかも……」

すると突然、璃乃がなにかに気付いたように一人で頷きはじめる。

「これはひょっとすると……美紗緒ちゃんの問題が解決してるかもしんないわね」

「な、なに！」

それが本当なら、璃乃が好き勝手に指示して作っている新曲の大ヒットなどに賭けなくても、美紗緒が自由の身になれる。

思わず身を乗り出す男に対し、清純派アイドルは横髪をサッと払いながら立ち上がった。

「慎一！　今からアタシの言う通りにパシッてきなさい！」

仁王立ちしたトップアイドルは完全にいつものふてぶてしさを取り戻し、偉そうに胸を反らしてそう命令してきた。

※

慎一が、年下の幼馴染みにパシリを命令された翌日の夜。

高階家のリビングで、現在この家に暮らす三人が顔を合わせていた。

「やっぱ間違いないみたいね」

璃乃のセリフに、慎一も深く頷いた。

自分が二日かけて近郊の目ぼしい大型書店を回り調べた限りでは、写真集『ＲＥｏｎＡ』は物凄く売れていた。

そしてどの店員さんに聞いても、この手の本としては、ここ数年で記憶にないほどの大ヒットだという。

ちなみに本屋に並んでいる一冊を改めて購入し奥付を見たところ、二桁に迫る版数に達していた。

「私なんかのグラビアが……し、信じられません……」

その奥付ページを、ＲＥｏｎＡ本人が唖然と見詰めている。

「おい。オマエも写真集出してるって言ってたけど、何版ぐらいしたんだよ」

「ア、アタシの場合は水着もないし、あと初版が多いから――ま、まあ、ボチボチよ」

璃乃にしては珍しく歯切れが悪い。

「で、でもこんだけ『ＲＥｏｎＡ』がバカ売れしてるってことは、この印税だけで美紗緒ちゃんの借金、もうチャラになってるかもしんないよ」

セクシーグラビアアイドルがポカンとした表情のまま顔を上げる。

そうなれば、無論、マクラ営業などする必要はなくなる。

いや、そもそも意に添わないグラビアアイドルの仕事だってしなくていい。

もっと自分に合った仕事をしながら彼女の夢――小説家を目指す生活が送れる。

「よし！　こーなったらウチの事務所に電話してズバっと聞いてみよう！」

仕事を無断でボイコットしている職場に、璃乃が直接電話をかけると言い出した。

(マジかよ……。やっぱ、コイツって肝が据わってんな……)

トップアイドルに対して今さらだが、改めて彼女にその資質があると実感させられる。

「ほら慎一！　グズグズしてないでそこの電話、ここに持ってきなさい！」

年上の男を顎で使うところなど、すでにスターの貫録だ。

慎一は生意気な幼馴染みに言われるまま、高階家の家庭用電話をテーブルに移動させた。

※

「かんぱ～～い」

夜のリビングで、三人はビールグラスを打ちあわせた。

まだ二十歳になっていない慎一と璃乃も「今晩だけですよ」と、美紗緒に強く念を押されて内緒でアルコールＯＫ。

すでにこの家の中では、彼女が法となっていた――が、それも今夜までだ。

――あの後。

璃乃たちが所属する芸能事務所に電話をし、まずは『ＲＥｏｎＡ』の売上を確認。

するとやはり璃乃の読み通り、すでに美紗緒の借金を返すには充分の売上を上げていた。これでもう彼女がマクラ営業をする必要はなくなり、美紗緒の問題は解決だ。

そもそも性格的に合わない芸能界にいる必要がなくなったので、事前に打ち合わせしていた通り、そのままタレント引退を告げた。

これに関しては、事務所の社長を電話口に呼び出して本人が直接交渉。

せっかくのドル箱候補を手放すことに相手は多少ゴネたが、社長もマクラ営業を勧めた負い目があるためか、比較的すんなりと話はまとまった。

次に璃乃の清純派路線問題。

対して社長はとにかくこれ以上仕事に穴をあけないように、と繰り返してきた。今はまだ急病のため入院休養中だと発表しているが、それも限界とのこと。

『そんじゃあ、もうブリっ子しなくってもいいってことね』

無論、璃乃はそう主張するのだが、相手は難色を示し続ける。

その煮えきらない態度にストライキ中のトップアイドルはブチ切れた。

『今男の家にいるの！　入院なんて大嘘で、男とずっっっと同棲してたって芸能マスコミにバラしてやるわよ！　ついでにワイドショーも呼んで、カメラの前でこれでもかってぐらい男とイチャイチャしてやる！　二度と清純派アイドルヅラできなくなってやる！』

まさかのアイドル本人のスキャンダルリーク発言に、さすがにそれだけはやめてくれと社長が泣きを入れた。

こいつならマジでやりかねん、と思ったのだろう。

その『男』が自分なだけに慎一も本気でビビった。

結果、今いる男の家（つまりココ）からすぐに出て、元のタレント寮に戻ることを条件に、清純派路線からの卒業を了承させてしまったのだ。

（二人の問題が解決して本当によかった。でも……）

璃乃も美紗緒もこの家に居候している理由がなくなってしまった。高階家から出ていくことが条件である璃乃はもちろん、彼女のコネでこの家に居候していた美紗緒も――。

『地元に戻って働きながら、小説の投稿を続けます。……ここには璃乃さんのオマケで今まで居候させていただいていたんですから、問題も解決したことですし、いつまでもご厄介になるわけにはいきません。璃乃さんと一緒に、明日中にでもおいとまします』

ときっぱり。

何を水臭いことを。美紗緒さんさえよければ好きなだけ――それこそ一生居てください。

璃乃を抱く以前の自分なら、迷うことなくそう言えたと思う。

しかし生意気な幼馴染みとも結ばれて、彼女に対する自身の好意にまで気付いてしまった今では、とても二人の前でそんな言葉を口にはできない。

「――っぷふあぁあっ！　今夜は飲むぞ！　飲みまくるぞぉおぉぉ！」

そして今、高階家での最後の晩餐の真っ最中である。

慎一はまず乾杯のビールを一気に飲みほして、テーブルに並ぶ大皿に箸を伸ばした。

メニューはフライドポテトに鳥の唐揚げ、焼き餃子に枝豆の塩茹で、揚げ出し豆腐ナド。

和洋中を問わない酒のツマミの定番がズラッと用意されていた。

無論、全て美紗緒の手作り料理である。そして――。

「お酒、お注ぎします」

楚々とした物腰で、空のコップにビールを注いでくれたのは、美紗緒ではなく璃乃だった。

(コイツ……ホントに演技が上手いな……。マジで別人にしか見えん)

幼馴染みが例の出世作である巫女さんの衣装を着て、髪まで黒く染め上げて、隣でお酌をしてくれている。居候として世話になったお礼と、清純派アイドル最後の夜ということで、特別サービスとのことだ。

(よかった……ことなんだよな……)

二人がこの家から出ていくということは、問題が解決したということなので、喜ばしいことには違いない。

しかしこの胸の内側からジワッと染み出す、言葉にできない寂しさはなんなのだ。

それを紛らわしたいためか、やけに酒が進む。

「どうぞ美紗緒さんも、ご一献」

「は、はい。それでは私からも返杯を――」

対して女性陣二人も、かなりのハイペースでアルコールを消費している。

（でもまだ璃乃も、美紗緒さんも……夢は叶ってないんだよな……）

恋愛小説家を目指している美紗緒はもちろん、ありのままの自分キャラで芸能活動を再開させる璃乃だって、それが成功する保証はない。

「………」

普段あまり飲まないアルコールの影響か、やけに二人が心配になってくる。

やっぱこのままこの家にずっと居ればいいじゃんか。璃乃もこの際、あんな煮えきらない社長が仕切ってる事務所なんて辞めちまえ。ほらほら、例の新曲。アレをひっさげて、もっと自由の利く大手に移籍すれば何も問題ない――。

そんな都合のよすぎる身勝手を口走りそうになるたびに、美紗緒の手料理を口一杯に放り込んで、そのセリフごとアルコールで腹の中に流し込んでいく。

「しんいちー、アンタ随分とイケるわねー」

いまだ巫女服を着ているものの、すっかりいつもの砕けた言動に戻った璃乃が、ドンと体当たりするように肩をぶつけてきた。随分酔いが回っているようで、アルコールで赤らむ頬をこちらの横顔に密着させながらドボドボとビールを注いでくる。すると――。

「……璃乃さん。慎一さん」

目の前の席に座りコップを両手で持った美紗緒が、以前の璃乃のように瞳を半眼にしてこちらをジーッと見詰めてきた。そしてボソッと一言。

「お二人の間でなにかありましたね」

ぎくっぎくっ！

二人は同時に固まった。

「な、ななななに言い出すんすか美紗緒さん。俺たち仲悪いままっすよ、なー、璃乃」

「そ、そーよ。んなわけないじゃん！　は、はははは」

そう言う二人の声は、動揺のためかあからさまに上擦っていた。

「璃乃さんには作家デビューを断った話をしてないのに、なんで知ってたんですか？」

「そ、それは……」

璃乃と結ばれた後に、美紗緒との経緯を問われて話してしまったからである。

現在の高階家ではお姉さん役——というかむしろお母さん役と言っても過言ではない美紗緒に問い詰められ、二人ともシラを切りとおすことなど不可能だった。

すでに酔いの回った頭で適当な言い訳も思いつかず、結局二人の関係を包み隠さず告白させられてしまう。

「——で、でで、でもまだ美紗緒ちゃんと慎一は正式に付き合ってるわけじゃないんだから、恋愛は自由でしょ！　そ、それに……あ、アタシの方が、さ、先に慎一のこと好きになったんだもん！」

開き直った巫女姿のトップアイドルが、いきなりこちらの腕を取る。

慎一が目を丸くして隣を見詰めると、幼馴染みはムッと不機嫌そうな顔をしながらも、さらにギュゥゥと腕を強く抱き締めてきた。先日のセックス中に見せた完全なデレ状態ではないが、この半熟なデレ具合もなかなか可愛い。

「はは、ははははっ……コイツ酔ってるみたいで――って、うおわっ!?」

慎一は苦笑いをしながら美紗緒に顔を向けて――お笑いコント並みに仰け反った。

あのいつも優しい微笑を絶やさない一つ年上のお姉さんが、半眼でジッとこちらを見詰めながら唇を尖らせ、アルコールで赤く染まった頬をプーっと膨らませていたからだ。

（や、やや……ヤキモチ焼いてる！　あ、あの美紗緒さんがプンプンしてる！）

デレた璃乃もインパクトがあったが、スネる美紗緒も強烈だ。

これにはデレモードのアイドルも虚を突かれたようで、その美貌をポカンとさせている。

「璃乃さんだけそんな格好でズルいです！　ちょっと待っていてください！」

美紗緒は勢いよく立ち上がると、そのままリビングを出ていってしまった。

部屋に残された幼馴染みの二人は、ポカンとしたまま顔を見あわせる。

あまりに予想外な展開に言葉を失っていると、すぐに足音が戻ってきた。

「おわあぁっ！」「み、美紗緒ちゃん！」

二人同時に驚きの声を上げたのは、美紗緒が『ＲＥｏｎＡ』の女豹水着姿をしてリビングに飛び込んできたからだ。頭には豹耳、首には首輪まで嵌めている。

そしていまだ男の片手を胸に抱いたままの璃乃に対抗し、逆の腕を抱いてきた。

ぼいんムニュゥゥゥ！

親が作った莫大な借金を瞬く間に完済してしまった規格外なビッグバストに、男の二の腕を丸ごと埋める。そして——。

「慎一さん、今夜は私を抱いてください！」

常に清楚で控え目で、感心するほどお淑やかなお姉さんが自らベッドに誘ってきた。

眦《まなじり》を吊り上げこちらを睨むその勢いに、慎一は思わず頷きかける。と。

「だめだめだめだめ！　そんなのダメ！」

我に返ったトップアイドルがブンブンと顔を左右に振りながら、後輩グラビアアイドルから男を引き離すために掴んだ腕を引っ張る。

「ちょっ、ふ、二人とも……そんな思いっきり……イテっいてて！」

左右のアイドルに両手をグイグイと綱引きされ、慎一はたまらず椅子から立ち上がり悲鳴を上げた。しかし、火花を散らすように睨みあう二人は聞いちゃいない。

「こーなったら慎一に決めてもらうってのはどう！」

「望むところです！」

「慎一をいっぱい気持ちよくした方が勝ち！　引き分けナシの一本勝負だからね！」

「わかりました！」

男を完全に無視した形で話を決めると、二人は引きあっていた腕を離して——。

「おわあっ！」

競いあうように立ったままの男の股間に群がってきた。

いがみあってる癖に二人の息はピッタリで、瞬く間に下半身を丸裸にされてしまう。

「——わわっ⁉　も、もうこんなにおっきくなってる……」

「慎一さんは、私の身体を見てこんなになったんですよね？」

半立ちペニスに気圧されて頬を染める巫女少女に対し、グラマーな女豹はわざとらしく片手で髪を掻き上げながら、その豊かすぎるバストを誇張するように胸を張ってきた。

大胆に剥き出しにされたキレのよい腋の下の艶めかしさと、溢れんばかりの柔肉で今にもはち切れそうな胸のボリューム感が強烈だ。

(ただおっぱいがデカイだけじゃなくって、他が引き締まってるからたまらんのだよな)

びくくン、と股間の分身がはしたないほど即座に反応。

まだ半立ちだった肉先がヘソにつきそうなほど一気に大きく反り返る。

その光景に「ひぇっ」と驚きの声を上げた清純派アイドルが、すぐにムムッと姿勢を改め意を決した表情をして、その弓なりペニスに手を伸ばしてきた。

異例の大ヒットをカッ飛ばしたグラビアアイドル『ＲＥｏｎＡ』相手に、さすがにセクシーポーズ対決では分が悪いと考えたのだろう。

巫女服姿でソッと恥じらいの横顔を見せながらペニスを掴み、優しく扱き出す。

（わわわっ、こ、これはこれで……たまらん！）

なにしろ今の璃乃は黒髪の巫女さん姿で、透明感のある清楚なルックスとベストマッチ。白装束から伸びるその白くて細い指先が、青筋だった己の赤黒い勃起ペニスをしっとりと握っている背徳的な光景だけで、鼻血を噴き出しそうになる。

「そんないきなり直接攻撃なんてズルいです！　わ、わたしにも手でさせてください！」

「慎一のおちんちんにはそんな余裕はないんだもん！　早いもん勝ちなんだもん！」

悪かったな、ちっこくて。余裕なくて。

「こ、こうなったら――こうです！」

そう叫ぶ女豹の美貌が一直線にこちらのペニスに向かってきて――かぷっ！

「ほわあぁぁあぁぁッッ⁉」

巫女の指攻めを受けていなかった肉先を、いきなり咥えられてしまった。

その姿はまさに肉の塊に齧りつく獣――女豹のＲＥｏｎＡそのものだ。

しかもそのプリンとしたセクシーリップの内側では、しなやかな味覚器官が大暴れ。

パンパンに張り詰めた亀頭に、唾液まみれの肉片がべっとりと張りつき舐め回され、「くぅぅっ」と愉悦の声が嫌でも漏れてしまう。

しかも相手は前の手コキ取材の際、自分の感じるポイントを詳細にメモしていた才媛だ。

「そ、そんなにねっちりと、ソコを舐められたら――くふぁぁぁっ！」

プリプリの柔らかリップで肉カリを締めつけながら、頭全体を大胆に揺らめかせキュキュキュッと磨くように亀頭をねぶってくる。これが初フェラとは思えない巧みさで、男の弱点ばかりを責めてくる女豹に、情けないほど上擦った喘ぎ声を上げさせられてしまう。

「……うわぁ。慎一ってばめちゃくちゃ気持ちよさそう――ア、アタシもッ！」

それまで握って離さなかったペニスから指を退け、清純派トップアイドルまでペニスにむしゃぶりついてきた。

青筋の浮く赤黒い肉棒を、桜の花弁のように可憐な唇が「はむっ」と横咥え。ビクビクと脈動する血管ごと、竿肌をペロンペロンと熱心に舐め回してくる。

(くわあぁあっ……璃乃の舌がヌルヌル絡みついてきて……おおおぅぅっ！)

たどたどしさは舐めはじめた最初だけだった。その勘のよさは凄まじく、黒髪の幼馴染みが瞬く間に慎一好みの舌使いをマスターしていく。

「くふぁぁっ！　ソ、ソコはああっ！　そんな二人がかりでッ――くああっ！」

とくに強烈なのは、二人同時の先っちょ舐め。

互いの舌が触れあうことなどお構いなく、むしろ舌を絡めあうような濃密さで、肉先の縦割れ小穴をレロレロレロ、っと小刻みに舐め弾いてくる。

それはまるでコンサートのセンターマイクを挟んで歌うアイドルユニット。

清純派アイドル『小春凪りの』と、セクシーグラビアアイドル『ＲＥｏｎＡ』の最初で最後のジョイントライブが、己のペニスを軸にして行われていた。

（す、すげえ眺めだよコレ！　凄すぎるよマジで！）

柔らか栗毛のウェーブヘアがフワフワと揺れ、艶やかな黒髪のロングヘアがサラサラと躍る。妖艶な西欧系の美貌と、透明感のある純和風な美貌が頬を寄せあい、こちらを見上げながら肉棒の裏筋を共に舐め、時にはペニスを挟んで大胆に唇を寄せあう。

レロレロむちゅううっ、くちゅ、レロロっ。ぬちゅくちゅ、ムチュゥゥっっ！

すると、無我夢中でペニスをしゃぶる美紗緒が、唐突に独り言を呟いた。

「慎一さんと……ムちゅうン……明日からは離れ離れになってまうんだで……んんッ……いっぱいいっぱい気持ちよくなってもらいたいがね――レロむちゅくちゅんん」

地元の方言丸出しなことから考えても、無意識での独り言なのだろう。

アルコールが相当入っていることもあり、考えていることがそのままポロリと漏れてしまったようだ。それだけに本心からの呟きであり、このがむしゃらな舌奉仕の一生懸命さを納得させるものだった。

（そうなんだよな……）

美紗緒が地元に戻れば、今後、彼女と会える機会は相当減ってしまう。

「……み、美紗緒ちゃん」

そのことに気付いた年下の先輩アイドルが、複雑な表情で舌奉仕を中断。一心不乱に舌を躍らせている年上後輩アイドルの横顔を見詰める。

（璃乃……）

自惚れかもしれないが、彼女だって美紗緒に負けないほど自分のことを想ってくれているとは思う。しかし、今後もずっと慎一と同じ都心に暮らす彼女に対し、年上の親友は全く状況が違うのだ。

「慎一さん。……こ、こんなのどうですか！」

対して美紗緒は、閉じていた瞳をカッと開く。いきなり奉仕を独占できた男のペニスをさらに気持ちよくさせるために、膝立ちの姿勢で上半身を上げてきた。

そしてセクシー豹柄水着に包まれたままのビッグバストを、自らの両手で脇からすくうようにして——ずにゅん！

「っはくうぅうっ！」

涎まみれの肉棒を、先端から根元まで丸ごとその谷間に挟み込んできた。

「ああン♥ 慎一さんが、おっぱいの間でオチンチンが熱くなってますぅ」

美紗緒の指が豹柄ブラの上から乳房に深く埋まり、ギュッと密度の濃い柔らかさが竿肌の全面を圧迫してくる。

柔らかいのにキツイという、相反するこの独特の挟み心地は格別だ。

（は、挟まれてるよ！　ＲＥｏｎＡのおっぱいに、今ギュッてはさまれてるぅ！）

肉棒の全てを丸ごと包み込む乳肌のなめらかさと、圧倒的な乳肉のボリューム。

それに加え、下腹に密着しているまろやかな下乳の重量感もたまらない。

「痛かったら言ってくださいね」

ＲＥｏｎＡが動き出した。その特大バストを脇から谷間に向けてギュっと寄せあわせている両手が、ゆっくりと上下しはじめる。

——だぷだぷだぷだぷズニュむにゅダプンっ。

慎一の股間を丸ごと覆い尽くした、豹柄の柔肉二つが激しく揺すられる。

きめ細かな乳肌の表面が細波だち、中に詰まった柔肉の激しいうねりが一目でわかる。

その中心にずっぽりと埋まっている男根が、乳の谷間で揉みくちゃにされていることは言うまでもない。

ダブルフェラの際に塗り込められた唾液により、肌同士がひっかかるようなこともなくヌルンヌルンと滑るように扱き上げられ、たまらなく気持ちいい。

「うわ、うわわ……ス、スゴっ……」

そのダイナミックすぎるパイズリを、真横で見せられ璃乃がポカンと口を半開きにした。

清楚な巫女服に包まれた自分の胸と見比べて、ますますその瞳を丸くする。

彼女は決してペチャパイではないが、ＲＥｏｎＡが相手では分が悪すぎだ。

「……ッッ……」

璃乃はすぐにハッと我に返った表情を浮かべたのだが——何もできない。

なにしろペニスの先から根元まで、丸ごとずっぽりと胸の中に包まれてしまっている。

先ほど自分で「早いもん勝ち」と言った手前もあり、文字通り手が出せなくなってしまったようだ。

「ふ、ふん。それじゃあ慎一がどんだけ気持ちいいかアタシがチェックしてあげる！」

圧倒的戦力差に加え、唯一の攻撃目標までも独占されているという絶望的な戦局が、逆に天下取りを口癖にしているアイドルの気持ちに火を点してしまったようだ。

口調にいつもの強気な調子が戻ってきた。

「ちょっ、おま、ど、どこを——おわぁっ⁉」

幼馴染みがいきなり慎一の後ろに回り、臀部を両手でぐっと開いてきた。

「この前のお返しよ。……うわー。すごく気持ちよさそうにヒクヒクしてる……」

巫女服姿の清純派アイドルが感嘆の溜め息をハアッと吐いた。

と、その熱風がアナルを直撃しただけで、

「ひひゃん!?　い、今慎一さんが、いきなりおっぱいの中でビクンってしまいました……」

「へぇー。こんなところも気持ちいいんだ……。あっ!?　そ、そーいえばアタシも……」

後ろの璃乃がなにかを考え込むように押し黙る。

先日の初体験でアナルにザーメンの直撃を受け、踏ん張っていた両腕を崩してへたり込んだことでも思い出しているのかもしれない。

「よ、よーし……そ、それじゃあ！」

以前璃乃は自分の辞書に『不戦敗』という文字はないと言っていた。

新たな攻撃目標を発見して、彼女がそこを責めないわけがない――れろン！

「くはあぁっ！」

身体の下から脳天まで突き抜ける、鮮烈な快感の稲妻に男は思わず仰け反った。

(な、舐めてる！　璃乃が……お、俺のケツの穴をペロペロしてる！)

フェラチオだって相当インパクトがあったが、この行為はそれ以上。

清純派トップアイドル『小春凪りの』が、そのルックスにピッタリの巫女服姿で男の尻に顔を埋め、ペロンペロンとアナル舐めをしているのだ。

「ちょっ、おまっ、そんなトコっ!?　んはぁっ！　つくふあぁぁっっ！」

あまりの快感に見開く目の前が幾度も真っ白く瞬き、喘ぎ声が止まらない。

身体の下から迸ってくる未知の肉悦が、このシチュの衝撃に比肩するほどの質量だから凄まじい。仁王立ちをして踏ん張っている男の尻が、肛門を舐めてくる舌の動きに合わせてビクンビクンと引き攣るように跳ね続ける。

「んんっ……レロれろンちゅん……んんッッ……くちゅんんンっ」

慎一のあからさまな反応に、この責めが効果的だとわかってからの璃乃は、さらに舌奉仕の勢いを増してきた。

アナルの小皺を一本一本なぞるように舐め伸ばしては、その中心をぐりんぐりんとえぐるようにドリル舐め。

日本中の人々を歌やセリフで魅了するトップアイドルの桃色舌が、今はただ自分を気持ちよくさせるためだけに、錐揉み状に躍り狂っている。

「慎一さん……物凄く気持ちよさそうです——わ、私も！」

負けじと前の美紗緒がぴちぴちに張り詰めた乳肌を小刻みに波打たせ——。

ダプダプだぷだぷっずニュむにゅむにゅっンっ！

中のペニスをさらに揉みくちゃに扱き上げてくる。

（な、なんじゃコリャ！　す、すげえ気持ちよすぎてわけがわからん！）

あまりにそのサイズが大きいため、いくらブラをつけたままでも両手の動きと、谷間でペニスが扱かれるタイミングにズレが生じる。

必然的にそのミルクの海のような狭間の中で、絶妙な乳肉のうねりが引き起こされる。

そんな寄せては返す柔肉の渦に巻き込まれ、だぷだぷヌルヌルずにゅずにゅ、と中に埋まっている男根が文字通りの揉み洗い状態。

「つくあぁっ！　ス、スゴッ！　ちょっ、こんなの……ッッ」

桁外れのサイズ。類い稀な肌の張り。パンパンに詰まった柔肉の質と量。

その全てが超一級品のバストでしか味わえない至高の肉悦だった。

無論、パイズリはこれが初体験だが、今後二度とこんなに気持ちいいおっぱいに挟まれることはないと確信できる。

「慎一さん。私の顔も見てくださいっ！」

聡明さまで兼ね備えた女豹のエロ奉仕は、その胸だけにとどまらない。

跪いた姿勢でこちらを見上げる妖艶な美貌が、大胆にべろりと舌舐めずり。

厚みのあるプルプルリップを、形のよい桃色舌がねっちりと凹ませながら、自らの唾液でセクシーに濡れ光らせていく。

「はあぁぁん♥　慎一さんはこんなポーズが好きなんですよね♥」

当然、豹柄ブラに包まれた特大バストは、両手でギュっと谷間に寄せあわせたままだ。

(うわあぁ……こ、これは……)

慎一が写真集『ＲＥｏｎＡ』の中で、最も多くオカズにしたグラビアの再現である。

璃乃に股間を踏まれながらも、パブロフの犬的条件反射でアッという間に果ててしまった例のツボショットだ。

それがリアルに、しかも自分のペニスにパイズリしながら行われている。

(こんなの見せられたら、すぐにイッちまうよぉおぉおっ!)

しかもアナルからは、未知の肉悦が嵐のように迸り続けている。

これ以上奥へ入ってきたら絶対にヤバいという最終ラインに、トップアイドルの舌先がツンツンと届き出していた。

まるで直接、快感神経を舐め回されているようなその鮮烈すぎる肉悦に、腰の奥で射精直前の昂ぶりが急速に膨れ上がっていく。

股間の前後を、これ以上のキャストは考えられないというアイドル二人に責め抜かれ、慎一は瞬く間に限界まで追い詰められていた。

「んちゅんんン……しんいちの、んんっ、ココっ、んんっ、すごくキューっへ、んんんっ……らってきたわよぉ——レロレロんんんっ」

トップアイドルに深くえぐり舐められていた肛門が、彼女の言う通り一気に収縮し、

「あああっ、もう限界! イクうっ! イクゥッ! ッッあぁああぁぁっ!」

ペニスの全面をみっちりと乳肉に圧迫され、細く絞り込まれた尿道を、内側からブチ抜くように灼熱のザーメンが迸っていく。

ドギュどぷどりゅドプどぎゅどぷぷぷンっ!

「ああン♥」

直後、前の美紗緒が甘い声を鋭く漏らし、うっとりした表情でこちらを見上げてくる。

しかし、ギュッと寄せあわされたままの胸の谷間には、外見上全く変化がない。

中ではビュクビュクと男根が大きく脈動し、肉悦を激しく迸らせているのだが、豹柄ブラをパツパツにしている特大バストがその全てを丸ごと包み込んでいた。

（ああっ！　出してる！　俺今ＲＥｏｎＡのおっぱいに中出ししてるぅぅぅぅぅ！）

男は全身を息ませて、夢にまで見たグラビアアイドルの乳房の中で射精し続けた。

対して璃乃は慎一が牡の脈動を開始しても、舌の動きを緩めない。

射精に合わせてビクビクと小刻みに収縮する肛門をペロンペロンと舐め続け、その勢いを献身的にフォローし続けてくれる。

「ツッ――くふぁっ……っ……はふぅぅ～」

慎一が完全に脈動を終え、息ませていた全身から力を抜くまでそれは続いた。最後に優しくねっちりとアナルを舐め上げてから、やっと清純派アイドルは顔を離す。

前のグラビアアイドルも同様だ。男の脈動が終わってから改めて両手にギュっと力を込め、バストを強く寄せあわせてからゆっくりと上半身を上げていく。

そうして最後の一滴まで胸の谷間に絞り出し、やっとペニスを解放する。

「で、どっちがよかったのよ」

後ろから前に回った幼馴染みにそう訊ねられ、イッた直後の心地よい脱力感に包まれていた慎一は、再び悩まされることになる。

美紗緒と璃乃——どちらの奉仕もたまらなく気持ちよかった。

とても、一方だけよかったなどと決められない。

するとセリフだけはトゲトゲモードな幼馴染みが、一瞬、その瞳に意味ありげな色を見せ、その直後にツンと大きく顔を逸らした。

その細い顎先は、祈るように胸の前で両手を組みあわせジッと慎一のジャッジを待っている、隣のセクシーグラビアアイドルに向いていた。

（……り、璃乃……おまえ……）

まるで『さっさと美紗緒ちゃんを選びなさいよ』と言っているようなジェスチャーだ。

それはやはり、今夜を最後に都心を離れ地方に戻る親友を想ってのことだろう。

我儘で高飛車で憎らしいほどナマイキな癖に、どうようもなく友達思いな奴だった。

「…………ッッ」

そのツンと尖らせた唇がプルプルと小さく震えている。

おそらく言葉にできない感情が、胸の内で渦巻いているに違いない。

慎一はその思いも全て汲みとり——「美紗緒さん……です」と口にした。

「あ、ああ……慎一さん！」

それまでジッと神の審判を待つクリスチャンのように瞳を閉じて俯いていたグラビアアイドルが、感極まってこちらの胸に飛び込むように抱きついてきた。

「うわっ⁉」

そのあまりの勢いと、イッたばかりの脱力感で腰が砕けたように押し倒されてしまう。対して璃乃は口元に優しい笑みを浮かべていた。が、その顔を慎一が見ていることに気付くと一瞬で表情をムッとさせる。

「べ、別に負けたのは今だけだからね！　次は絶対に勝つんだから――ほら、美紗緒ちゃん、抱きついたままなにグズグスしてんの！　トップアイドルに勝っておきながら慎一をほっとく気！　夜は短いんだからね！」

「は、はい！　……そ、それでは」

美紗緒は膝立ちの姿勢になると、自らの股間に片手を伸ばして、豹柄水着を横に大きくズラした。

ペロンと捲れて現れた栗色のフロントデルタの形を見て慎一はハッとする。

前回、ビキニラインの処理によって発生していた陰毛の段差がなくなっていた。

あれはあれで非常にエロティックだったのだが、キチッと揃えられている綺麗な毛並みはやはり見栄えがいい。

「……あ、あの……先日はあの……し、失礼しました……あ、あの後で気がついて……」

一つ年上のお姉さんが顔を真っ赤にして今さらモジつく。

初体験の後、自分の股間を改めて見て、その状況に気付いたのだろう。

美紗緒のような生真面目な性格だと、一際恥ずかしかったに違いない。

真っ赤になって一人恥じらう彼女の姿を想像し、慎一の顔までポーっと赤らんだ。

と。イッたばかりでへにゃんとしていた男根が一気に力を取り戻し——ペチン。

上になっている女豹の尻を強く叩く。

「あ、あの……そ、それじゃあ……早速……そ、その……しますね……」

美紗緒が真上を向いてビクビクとそそり立つ肉棒を、自らの華芯に導こうとする。

しかし、その大きすぎる胸の膨らみで視界が及ばないためか、なかなか上手くいかない。

「……ふ、ふん。しょうがないわね」

見かねた璃乃の白い手が、二人の股間に伸びてくる。

左手で満開状態の女の大陰唇を慎重にぱっくりと開き、右手は男の肉棒をムズッとワシ掴みにしてその中心に向けさせる。

巫女服姿の清楚な美少女に、グラマーな女豹美女が秘部を掴まれて結合されようとしている。その構図はとてもシュールで倒錯的。なによりたまらなくエロティックな光景だ。

「も、もう、こんな時まで、なに突然ちんちんビクってさせてんのよ」

「んなもんしょうがねーだろうが。男ってのはそーゆうもんで——っくふぁ!?」

ぐちゅぷ、と肉先で牝泉の熱い潤みを感じ、思わず裏返った声が漏れる。

「あっあっ……し、慎一さぁん……っくうぅぅっ」

牡牝の凹凸が組みあえば、あとは上になっている者次第である。

女豹はゆっくりと腰を落とし、熱い蜜壺の中にズヌヌヌっと男根を埋めていく。

(美紗緒さんの中……もう奥までヌルヌルのトロトロになってるよぉ……)

お淑やかな年上のお姉さんが、愛撫を全く受けていないにもかかわらず、フェラチオやパイズリ奉仕をしただけでこれだけヴァギナを濡らしている。

その意味を考えただけで、牝肉に埋まるペニスがさらに漲っていく。

「や、やっぱり凄く固くて……あ、熱いです——ああン！　し、慎一さんのでっぱりがお腹の中をゴリゴリって擦っていって……っくうっふはぁぁぁあっ」

黒と栗毛の茂みが密着するとグラビアアイドルは両手を男の横につき、腹の底から絞り出すような甘い吐息を長く吐いた。

その際カクンと上半身を前に倒したため、いまだ豹柄ビキニに包まれたままのビッグバストが慎一の目の前で大きくタプンと弾む。

(うわあぁ……ス、スゲー)

これまでずっとＲＥｏｎＡの巨乳ぶりには圧倒され続けてきたが、中でもこのアングルから見上げる光景は強烈だ。

男はポカンと口を半開きにしたまま、無言でジッとその牝肉の塊に魅入ってしまう。

「あ、あぁ……あの、う、う動き……ますね」

対して美紗緒はゆっくりと、おっかなびっくりという感じで身体を上下させはじめた。

なにしろ彼女にとってこれはまだ二度目のセックス。

しかも、自らが上になって動くのは初めてのはずだ。その初々しい腰使いと、しっくりと結合している膣襞たちにズルルルとペニスを擦られて──「……っくあぁぁ」

慎一の口からも、腸《はらわた》から溢れ出るような熱い吐息が漏れてしまう。

しかし視線だけは、相変わらずジッと一か所に釘付けだ。

彼女の動きから半拍ほど遅れてタプンタプンと揺れる重量感満点な乳肉の動きに合わせて、男の黒目はずっと上下し続けていた。

「アンタってば、ホントーにおっぱい好きね」

そう言って美紗緒の胸を後ろからワシ掴みにし、璃乃が男の黒目の上下を一旦止める。

煽情的な豹柄ブラの上から、トップアイドルの細指が丸い柔肉に深く食い込む。

「でも、それもしゃーないか。だって女のアタシでも美紗緒ちゃんのおっぱい見てると、こーしてモミモミしたくなっちゃうんだもん。あーもーたまらん！　直に揉んじゃる！」

「り、璃乃さんなにする気ですか──ああんっ！　そんなに無理矢理引っ張られると！」

巫女服姿の清純派アイドルが鼻息荒く、グラビアアイドルの豹柄ブラを毟り取った。

ぼいいいぃいぃん！

リミッターの解除されたビッグバストが弾かれたように目の前に飛び出てくる。

鴇色の頂点はすでにピンピンに勃起し、圧倒的なボリューム感を誇る生クリーム色の乳肉はブラがなくても見事な形を保っていた。

中でも凄いのが下乳部分の美しい球面で、重量感満点の牝肉全てをそこで受け止めているにもかかわらず、垂れも乱れもまるでない。

（うわぁ……。俺ってあんなにいっぱい出したんだ……）

そして、嫌でも男の視線を引きつけるのは、密着状態から解放された胸の谷間。

先ほどの激しかったパイズリ奉仕によって擦れ、真っ白な乳肌がほんのりと赤く、その先にべっとりと白濁の粘液がへばりついている。

「……ふーん。このでっかいおっぱいが、こんなに気持ちよかったんだ」

グラマーアイドルの肩にスネ気味の璃乃が顎を乗せ、大きく突き出した胸元を見下ろし、右手の指先をその汚れに向ける。そうして巫女服姿の清純派アイドルにより、搾り立ての白濁液が美紗緒のビッグバストにヌルリと引き伸ばされ——ビクぴくン！

その倒錯したエロティックな光景に、男の身体が露骨に反応してしまう。

「……へ〜〜」

璃乃がチラリとこちらを見下ろし、今度は両手で美紗緒の巨乳をワシ掴み。

そして、そのまま胸の谷間にへばりつく牡の肉汁を、指を一杯に開いて掴んだバストにヌルンヌルンと塗り広げはじめた。

「そ、そんな……慎一さんのを胸に……んはあっ！　そ、そこは――ああン！」

巫女の指先がザーメンまみれになりながら乳首をクリンと扱くと、グラビアアイドルが敏感に鋭く喘いだ。ただでさえ妖艶な美貌が官能にトロけ、今の美紗緒は――いや、女豹のＲＥｏｎＡは全身に鳥肌がたつほど色っぽい。

それは同性のトップアイドルから見ても同じようで、忙しなく後輩アイドルの敏感バストを両手で揉みしだきながら頬を赤くしている。

「も、もう！　美紗緒ちゃんが相手だとアタシまでヘンな気分になっちゃうじゃない！こ、こーなったら、美紗緒ちゃんから慎一を取るんじゃなくって、慎一から美紗緒ちゃんを奪い取ってやるぅぅぅぅっ！」

大きな壁にぶつかると、璃乃はいつでも斜め上から飛び越えようとするヤツだった。

激しく胸を責められて仰け反り気味な女豹の美貌に、黒髪巫女の美貌が襲いかかる。

「マ、マジかよ⁉」

慎一の腰の上に乗っているアイドル二人の唇が重なった。

自分と同じく美紗緒も驚きで瞳を丸くしたが、すぐにトロンと瞼が下りてくる。

「んちゅん……ンン……み、美紗緒ちゃ……んんんン」

「り……りの……さ、ンちゅんん……ッッ～～っっ……くちゅんちゅンはぁ……」

アルコールがたっぷりと入っていなければ、さすがにありえないシチュエーションだ。

「ま、まさか…………ふ、ふふ二人でベロチューしてんの？」

赤い首輪を嵌めた女豹の首筋が淫らに動き、二人の口内で行われている味覚器官同士の激しい絡みあいが嫌でも想像される。

（うわぁ……エ、エッロぉぉ……）

なにしろ類い稀な清純派アイドルと、大ヒットセクシーグラビアアイドルのガチ絡み。ザーメンまみれのビッグバストをヌルヌルと淫らに揉みしだきながらの巫女と女豹のディープキスである。

その視覚的インパクトは天井知らず。男の欲情メーターが一気に振りきれた。

（も、もう我慢できん！）

ただ横になっているだけだった腰を、慎一は跳ねるように突き上げはじめる。

「ッッ――んんっ！」

そのため美紗緒の身体も上下に揺れ、密着していた二人の唇が僅かに外れる。

やはり二人はがっちりと舌を絡めあっていた。

互いの唾液が白く粘るほど、濃く激しく絡みあう二枚の桃色肉片がチラリと覗き見えて、慎一の獣欲をさらに刺激する。

たまらず両手で美紗緒の鋭くくびれたウエストを掴み、牡の昂ぶりを爆発させた。

――ぐちゅヌチュぐちゅン、じゅごズゴぐちゅン！

肉先が彼女の最深部を突き上げるたび、美しい縦割れヘソとその周りを囲む薄い腹筋群が目に見えてビクビクと淫らに痙攣する。

その肉悦のバイブレーションが、溶けあうように密着する膣襞たちを伝い、慎一自身にまでフィードバックしてくる。

(気持ちよすぎて腰の動きがとまらねぇっ！)

腰の奥にはすでに凄まじい官能の昂ぶりが発生し、瞬く間にグラビアアイドルを突き上げる圧力が跳ね上がっていく。騎乗位の体位にもかかわらず、男の下腹が女の下半身を打つ肉音までもがパンパンと派手に鳴り出した。

「んんっ！　ッッ～～ッッ――んっンはあぁあぁぁっ！」

その猛烈な突き上げに耐えきれなくなった牝豹が、ぬるりと巫女の口内から舌を抜く。

豹耳を乗せたウェーブヘアを振り乱し、子宮から絞り出すような官能の声を迸らせる。

「つぷふぁん――美紗緒ちゃん！　美紗緒ちゃあぁぁぁん！」

対してディープキスが中断された後の巫女は、口寂しさを紛らわすためか、首輪が嵌められたままのうなじにむしゃぶりついた。愉悦に筋張る女豹の喉にまで舌を伸ばし、喘ぎ声の高低までも微妙に変化させる。

「ああん⁉　ああっこ、これ……美紗緒ちゃんの尻尾が――くひゃあぁぁん！　こ、擦れて……んはあぁぁぁ！」

グラマーな女体を後ろから抱き締めていた璃乃までもが鋭く喘ぎ出した。

性に関して超敏感体質なトップアイドルは、どうやらＲＥｏｎＡの尻尾が赤袴越しに股間に擦りつけられているだけで、激しく感じてしまっているようだ。

美紗緒のうなじにむしゃぶりついたまま、グイグイと自らの腰を押しつけはじめる。

「んはあぁぁ！　慎一さあぁぁん！　わたし、くふぉぉぉンッッ――っはあぁぁっ！」

そんな欲情を爆発させる男女の責めを受ける栗毛の女豹は、自ら腰を躍らせて、まさに野生動物のような躍動感でセックスを貪りはじめた。

激しく交わる結合部分からは溢れ出た蜜液がピチャピチャと飛び散り、横にずらした豹柄パンティから覗く栗色の陰毛をベッタリと張りつかせている。そうして股間から、甘酸っぱい牝の匂いまでも立ち昇らせはじめた。

(うわああっ！　たまんねえよコレ！)

濃密な牝のフェロモンに包まれながら、まるでアイドル二人と同時にセックスしているような状況と光景に男の目が血走っていく。

なにしろ美紗緒はブラだけ外したＲＥｏｎＡスタイル。

身体の動きに合わせて赤い首輪が大きく上下し、剥き出しにしたビッグバストは己のザーメンと官能の汗が混じりあい、ヌルヌルのテカテカ状態。

それを後ろからワシ掴みにし、揉みしだきながら腰をグイグイとヘコつかせて喘いでいるのが巫女服姿の清純派トップアイドル・小春風りの。

（こんなの今すぐにでもイッちまうよぉ！）

なによりその深みのある牝襞たちが、じゅっぷりと肉棒の全面に吸いつく蕩けるような一体感がたまらない。

慎一は暴発しないようにグッと奥歯を噛み締めた。

——ヌルくちゅ、ヌちゅんッッ！　グチュじゅぷぬるるン！

それでもなおペニスを直接襲い続ける、特上の肉悦。

先に一度、盛大に射精をしていなければとっくの昔に射精してしまっている。

「み、美紗緒さん！　もう降りてください！　このままだと中に出しちゃいます！」

この体位では今までのようにイク直前に、ペニスを引き抜くことはできない。

「ああんっ！　今日は大丈夫な日ですから！　このまま中にっ！　慎一さんのお好きな時に、私の中で思いっきりイッてください！」

さすがに慎一は躊躇した。しかし——。

「アンタなに腰の引けたツラしてんのよ！　美紗緒ちゃんとの最後の夜なの！　本人がいいって言ってんだから、グダグダしてないで美紗緒ちゃんと一杯いっ〜〜ぱい一つになんなさい！　ああん、美紗緒ちゃあぁぁん！」

璃乃が背後から親友のバストを激しく揉みしだき、赤袴の股間をがむしゃらに尻尾へと擦りつけていく。

その光景に慎一も迷いが吹っきれた。

最高のクライマックスを迎えるために、ガツンガツンと女豹の骨盤が鳴るほど思いっきり腰を突き上げる。

「んはぁ゛あ゛あ゛あ゛あっ！　そんな二人がかりで腰をグリグリされたら――んはぁぁっ！ ッッッ～～くはぁっ！　んほぉあッッ――んはあおぉぉおぉぉぉ！」

「あああんっ！　す、すごいよコレ！　ああんっ美紗緒ちゃんのビクビクが、尻尾からビクビクつたわってきて、あああぁあぁぁん！」

普段、男勝りな璃乃は鼻にかかったような甘い愉悦の声を上げ、片や常にお淑やかな美紗緒は、発情した牝獣の如きどもりを含む喘ぎ声を迸らせている。

その対照的な喘ぎ声が、さらに男の突き上げを加速させた。

（美紗緒さんって、エッチな時は素でＲＥｏｎＡになっちゃうんだよな！）

腰つきの変化にも、それが如実に表れている。

慎一と璃乃――下と後ろからの貪るような腰の突き込みに対しても、その間で揉みくちゃにされる小さな豹柄パンティの動きは負けていない。

躍動感のある縦方向への上下運動が、いつの間にか小刻みでキレのよいヘコヘコとした前後運動へとシフトしている。

まるでヘソの裏側に我慢できない痒みがあり、そこをペニスのでっぱりで夢中で掻いているようだ。それはあまりにあからさますぎる発情した牝獣の動き。

溝の深い膣襞たちも、その一枚一枚がまるで血に飢えた蛭のように肉棒に吸いついて離れない。今にも爆発しそうなペニスをキュンキュンと執拗に引き絞ってくる。

「ああぁんっ！　いくううぅっ！　美紗緒ちゃんのビクビクでイッちゃううぅぅぅっ！」

しかし先に限界を叫んだのは、超敏感体質のトップアイドルだった。

官能にのたうつ女豹を後ろから思いっきり抱き締めて、赤袴の股間へ躍る尻尾を限界まで密着させ——びぐびぐびぐびくン！

両手でワシ掴みにする巨乳を力一杯握り締めながら、巫女服に包んだスレンダーボディを激しく痙攣させはじめた。

「おおぉぉぉっ！　んふおおぉぉぉおぉぉぉっ！」

対して女豹のＲＥｏｎＡも巫女に背中をもたせかけるように大きく仰け反り、愉悦の咆哮を盛大に迸らせる。

鮮やかなピンク色に染まった肉食ボディからは、発情したメスの匂いがむせそうなほどムンムンと立ち昇っていた。両手で掴むウエストからは、このグラマーな女体で爆発している凄まじいまでの肉悦の衝撃波がビクンビクンと直接伝わってくる。

「ああああっ！　璃乃さんのビクビクまでお尻から伝わってきてえぇぇっ！　イ、イキそうですっ！　も、もうイクッ！　いくイクいっちゃいますうぅうぅっ！」

視覚、嗅覚、触覚――そして聴覚までもが女豹の限界を捉え、慎一は大きく仰け反った。グツグツと煮え滾った官能の激流が、腰の奥から猛烈な勢いで込み上げてくる。

「美紗緒さん！　みさおさんッッ！　あああっ！　みっっっさおおぉぉぉっ！」

一際大きく腰を突き上げたことにより、肉傘を一杯に開いた先端が『ぐぶんっ』と子宮孔に嵌まり込み――。

どりゅンっ！

己の子種を直接子宮壁に埋め込むような灼熱の弾丸が迸る。女豹のＲＥｏｎＡは、まるで銃にでも撃たれたかのように、顎が真上を向くほど大きくビクンと反った。

ドギュどぷどぎゅどぶっどぷどぷどぷぷんッッ！

狩った牝獣にトドメを刺すごとく、美紗緒の一番深いところに捻じ込んだ銃身から、続けざまに灼熱の弾丸を中に打ち込みまくる。

「んはぁっ!?　しんいちさんがあぁぁッッ！　おなかの中で爆発してますぅっ！　らめっ、らめぇぇぇっぇっ！　わたしもッあああっっっ！　ばくはつしちゃいますぅぅっ！」

細く引き締まった腹筋が、彼女の言葉通り牡の脈動に合わせてビグビグと激しく痙

る痙攣し出したその直後――。

ブシャあぁぁぁぁぁああぁぁぁぁ！

がっちりと繋がった二人の結合部分から、熱い飛沫が盛大に噴出した。

――し、しし潮⁉　美紗緒さんが潮吹き絶頂してる⁉

極限のエクスタシーで女体が息む真っただ中、限界まで細まった尿道を貫くように迸ってくる液体は、凄まじい勢いで男の下腹に直撃し続ける。

慎一と美紗緒はお互いの壮絶な絶頂感を液体に変え、それをお互いの身体に思いっきりぶちまけながら、長くエクスタシーを極めあった。

「……もう。二人のせいで、記念の衣装がビチャビチャよ」

慎一の意識を官能の世界から、現実に引き戻したのは最も早く絶頂し、そして先に回復した幼馴染みの憎まれ口だった。

絶頂直後で気だるい瞼を開き視線をそちらに向けると、トゲのあるセリフとは裏腹に、トップアイドルが優しい表情をしてこちらを見ていた。

「ありがと、な」

「ふん。なんのことよ。アタシはこれから芸能界で天下を取るんだからね。さっきの勝負でアタシを選ばなかったこと、アンタにずっと後悔させてやるんだから」

「……そっか」

同じ都心に暮らしていても、芸能界に復帰するトップアイドルとは気軽に会うことはできなくなるだろう。

ある意味、地方に帰る美紗緒より遠い存在になると言っても過言ではない。

「もうアンタみたいな一般人は、気軽に口も利けなくなるんだからね」

プイッと顔を逸らす幼馴染みに慎一は苦笑した。

お前が俺に美紗緒さんを選ばせた癖に——そう喉元まで出かかってそれを飲み込む。

「あれ……美紗緒さん？」

対していまだ慎一の上に乗ったままのグラビアアイドルは、うっとりと満ち足りた表情をしたまま意識を失っていた。

慎一はその頬にソッとキスをしてから、ゆっくりと身体を起こす。

幸せそうにしている彼女をソファに横たわらせ、自分の上着を被せた。

そして改めて、明日から訪れる現実を思い出す。

（二人とも……この家から出ていっちゃうんだよな……）

つまり彼女たちの夢の実現に、自分はこれから手を貸せないということだ。

それを思うと、今感じている満ち足りた余韻の甘さが一気に寂しさへとすり替わる。

慎一は璃乃に気付かれないように、ほんの小さく「はぁ」と暗い溜め息を漏らした。

# 第七章　二人の夢

慎一は冷蔵庫から取り出したタッパーの蓋を開けた。

中には天日干しした大根の醤油漬け。初めて美紗緒と一緒に作った思い出の一品である。

「もう、これも終わりか……」

漬け汁の中に残っていた最後の一切れを箸で摘み、コンビニ弁当の端に乗せる。

今から約一ヶ月前、美紗緒がこの家を出ていった直後には、彼女の手作りの常備菜がいくつも冷蔵庫の中に残っていた。

しかし、それも日々の食事で食べ尽くし、とうとうコレが最後である。

「はぁ……」

慎一は力のない溜め息をつき、レンジで温めた弁当のご飯に箸を付けた。

あの二人がこの家におしかけて来るまでは、当たり前だった食事風景。両親が海外赴任になってからは、自分の好きなモノを好きなように食べられると喜んだものである。

なのになんなんだ、この寂しさは。

電子レンジで温めたばかりのご飯を口にしてるのに、なんでこんなにも寒々しいのだ。

美紗緒の手料理が食べたい。

いや、そんな贅沢は言わない。彼女に炊きたてのご飯をよそってもらうだけでいい……。

「…………テ、テレビみよ。うん。テレビ、テレビ――」

一人で黙々と食事をしていたら果てしなく暗くなっていきそうで、慎一はテレビを点けた。パッ、と液晶画面に映ったのは、人気お笑いコンビがMCを務めるバラエティ番組。

そしてゲストは――。

「……り、璃乃」

芸能界に復帰した『赤髪』の『獅子堂璃乃』だった。

そう。彼女は今、芸名の『小春風りの』から本名に変えてタレント活動していた。

もちろん以前のブリっ子キャラではなく、髪も性格も素のままの彼女でだ。

『あはははは！　言うねぇ璃乃ちゃん！』

『だからアタシも思わず、あんたヅラじゃん、って喉――元まで出かかって焦っちゃったんですよ！』

『その大物って誰のことなのよ、璃乃ちゃん！』

MCも観客も、毒舌アイドルの弾けっぷりに爆笑している。

――あいつ今、喉チンコって言いかけて踏みとどまったな……。

他のタレントが同様のぶっちゃけトークをしても、ここまで受けないと思う。

つい最近までバリバリの清純派アイドルだった『獅子堂璃乃』だからこそ面白い。

彼女が以前言っていたように、今までのキャリアがいい前振りとなっているのだ。

「…………ははっ」

しかし慎一は力なく笑うだけにとどまった。

彼女とのこの家での日々を思い出し、ますます寂しくなってくる。

──もう、俺のことなんて過去のことなんだろうな……。

テレビ画面の中では生意気な幼馴染みがトークの中心となり、さらに番組を盛り上げていた。スピーカーから聞こえてくる笑い声も彼女の喋る時が一番大きく、一般客の受けも申し分ない。

(よかったな璃乃……)

復帰当初はあまりのキャラ変更で、週刊誌やネットなどからバッシングされていた。しかしそのあけすけな本音トークで、これまで少なかった女性の支持も得られるようになり、人気が性別を問わない国民的なものになりはじめている。

全て彼女の読み通りの展開だ。

「……はあ」

なのに溜め息しか出てこない。

慎一はリモコンを手にしてテレビを消した。

直後、一人っきりのリビングがシーンと静まり返る。

あまりの孤独感に押し潰されそうになった、そんな時――チャラランラリラァ♪

ケータイが鳴り出した。

サイドディスプレイを見て――『美紗緒さん』との表示に両目を丸くする。

慎一は慌てて通話ボタンを押した。

『あっ。もしもし綾文です。ご無沙汰いたしております』

久しぶりに聞く優しい声色に、男はそれだけでなぜか涙ぐんでしまった。

『――あの、慎一さん？　もしもし？』

「あっ。す、すんません。ハイ。聞こえてます。大丈夫です」

せっかく、美紗緒の方から電話をかけてきてくれたのに、切られでもしたらたまらない。

「で、どうかしましたか？」

『あ、あの……慎一さんも明日のライブに行きますよね？』

「……はい？」

ライブ？　一体なんのことだ？

『もう、璃乃さんったら……。慎一さんにはチケット送らなかったみたいですね』

前半は独り言、後半は溜め息混じりに呟いて、美紗緒が事情を説明してくれた。

なんでも明日、璃乃は芸名変更の報告も兼ねた復帰コンサートを開くそうだ。

美紗緒は交通機関のトラブルなどで万が一にも欠席しないよう、地元から今こちらに出てきているという。一応、ホテルに無事に着いた旨を彼女にメールで報告したら、先ほどケータイに璃乃が電話してきたそうだ。

その際、どうという話をするわけでもないのに、なにやら様子がおかしかったという。

『……なんだか無理にはしゃいでいるような感じがして、それが少し気になって……。今から璃乃さんのところに行こうと思うんですが、あの……よろしければ慎一さんも一緒に来てくれませんか？』

「は、はい。もちろんいいっすけど」

俺なんかが行っても役にたてるかどうか……。

『よかった。璃乃さん、きっと喜びます』

美紗緒の話では、璃乃はまだライブ会場で明日の準備をしていると思うとのこと。

慎一はその会場名を聞き、急いで家を出た。

バスを乗り継ぎ待ちあわせた会場の入り口に着くと、すでに美紗緒が待っていた。

(うわぁ……)

久しぶりに見る一つ年上のお姉さんは、日々の生活が充実しているためか、さらにその美しさに磨きがかかっている。その輝くような美貌が――。

「あの、慎一さん？」

栗毛のウェーブヘアをふわりと揺らし、小首を傾げてこちらの顔を覗き込んできた。

完全に彼女に見惚れていた慎一は、慌てて口を開く。

「あ、いや……で、どうしましょう？　このまま璃乃が出てくるまで待ってますか？」

「あっ。それなら大丈夫です」

美紗緒がハンドバッグからコンサートの関係者パスを取り出した。

璃乃からいつでも顔が出せるようにと、ライブで発表する新曲の作者であるという名目もあり、事前に渡されていたそうだ。

「あっ⁉　例の曲、明日発表なんですか！」

自分は直接その曲作りに関わっていないが、自宅で作っていただけに感慨深い。

対して美紗緒は、完成したのは慎一さんのおかげです、とにっこり。

その関係者パスを手にして会場の入り口脇にある守衛室に向かうと、名前と連絡先を外来者リストに書くだけで、あっさりと通ることができた。

通路を急ぎ『大ホール』と表示されているライブ会場に入る。

「おー」

すでに復帰コンサートの準備は終わっているようで、広いホール内はシーンとしていた。

当然、スタッフの姿も見当たらない。

「あっ⁉　慎一さん。あそこに――」

こちらの肩口を引っ張る美紗緒が指さした先には、舞台中央でポツンと一人、体育座りをしている赤毛の少女。

背中を丸め、まるで怖いなにかから目を逸らすように、抱えた両足に顔を埋めている。

「り、璃乃……」

どんな時でも過剰に自信満々な彼女からは、想像しづらい姿である。

慎一と美紗緒はお互いに顔を見あわせると、すぐに沈んだアイドルのもとに駆け出した。

その足音でやっと人が入ってきたことに気付いたのか、璃乃がのろのろと顔を上げる。

「み、美紗緒ちゃん……それに、慎一まで……」

最終リハーサルを終えたままずっとそうしていたのか、彼女は衣装姿のままだった。

大胆に胸元の開いたブルーのミニベストを羽織り、下は膝上のミニスカート。

くびれたウエストを丸ごと露出させたその大胆なコーディネートは、清純派アイドル時代では許されなかったものだろう。色彩も『小春風りの』時代は淡いピンク系ばかりを着ていたはずだが、今はスタイリッシュなブルーで統一されている。

燃えるような赤毛のロングヘアと眩いほどの白い肌に、鮮やかな青のステージ衣装が抜群に映えて見え、新生アイドル『獅子堂璃乃』にはピッタリだ。

二人で璃乃のもとまで駆け寄ると、美紗緒が目線を合わせるように床に両膝をついた。

と、トップアイドルはその透明感のある美貌をくしゃと歪め、すがるように元後輩のグラビアアイドルに抱きついた。

美紗緒はただ優しく璃乃を胸に抱き、その頭を優しくヨシヨシと撫でている。

「ど、どうしたんだよお前……らしくねえぞ」

慎一も床に片膝をついて幼馴染みに声をかけた。

対して赤毛のトップアイドルは、年上の親友に頭を撫でられながら口を開く。

「あ、明日のライブ……獅子堂璃乃になって最初のライブなんだよね……はは っ。お陰様でチケットはアタシのファン会員だけで完売したんだけど……。

つまりそれってさ……今までブリっ子してた……清純派アイドル『小春凪りの』を応援してくれてたファンの人たちだけを相手にライブするってことなんだよね……」

そこまで言うと、美紗緒の背中に回した璃乃の指がキュッと握り込まれた。

「アタシのキャラ変更……週刊誌とかネットでどんだけバッシングされたって屁でもないけど……い、今までの自分を支えてきてくれたファン全員に『裏切り者！』とか言われると思うと……………こ、怖いの……」

その絞り出すような震え声を聞き、男は胸が詰まる。

どんな大御所タレント相手でも平気で噛みつく、まさに恐れ知らずな毒舌アイドルも、自分をずっと支えてきてくれたファンからの批判だけは別のようだ。

「今の……素のキャラでタレント活動するって決めてから、ずっと覚悟してたことだったけど……だ、だめ……………なんだか一人ぼっちになりそうで………今夜だけは……なんだか一人で明かせそうにない……」

一人ぼっちになりそう——友達ができなくって悩んでいた幼い頃のトラウマと、今の自分がダブってでもいるのだろうか。

（コイツでも……こんなに気弱な女の子みたいな顔するんだな……）

と慎一がなんと声をかければいいのかわからず、押し黙ってしまった時である。

「璃乃さん」

美紗緒が片手を優しく伸ばし、自分の胸に顔を埋めている清楚な美貌をソッと上げさせた。そして——「⁉」

なんと美紗緒から璃乃にキスをした。頬ではなく唇にムチュっと。

もちろんアルコールなど飲んではいない。

横で見ていた慎一と同じく、璃乃の瞳も驚きで丸く見開かれている。

（あ、あの時と逆の展開だ……）

そのまま赤毛の美少女が、栗毛の美女にソッと押し倒された。二人の唇がねっちりと深く重なりあい、その中からクチュクチュと粘っこい音が聞こえはじめる。

「んっ……んんっ……ん⁉　っっ〜〜ッッん……」

瞬く間に璃乃の吐息が甘く揺らめき、相手の背中を掴む指に悩ましげな力が籠もり出す。

（べ、ベロちゅーだよ……また二人でベロちゅーしてる！）

　思わず慎一は二人の隣に両膝をついた。と、それを気配で察したのか、璃乃の唇を塞ぎ続けていた美紗緒の顔が離れて、こちらにチラリと向けられる。

「璃乃さんは一人なんかじゃありません。私たちがいます。あの夜、三人であんなに一つになったじゃないですか――ね、慎一さん」

　美紗緒に促されて視線を赤毛の幼馴染みに向けると、

「……し、しんいちぃ……」

　普段は強気一辺倒な瞳が、今はすがるような弱々しさでこちらを見上げている。

　男はそれを見て、やっと美紗緒と同じ考えに辿り着いた。

　今の璃乃に必要なのは、通り一辺倒な慰めの言葉ではない。

　理屈もへったくれもない、心の底から愛する者との真の繋がりなのだ。

「あの夜みたいに皆で一つになりましょう」

　美紗緒の言葉に慎一が力強く首を縦に振ると、彼女の両手が璃乃のステージ衣装を留めているただ一つの前ボタンをゆっくりと外した。

　ぷるるん、と形のよい推定Eカップが現れる。

　乳肌はすでにほんのりと赤く色づき、官能に薄く汗ばんでいた。

　元より鮮やかな桜色の頂点はすでにピンピンに立っていて、物言わずとも『吸って、吸って』と見る者に叫び続けているようだ。

「ああン！」

慎一は誘われるままトップアイドルの乳首にしゃぶりついた。

頭の中から『脅えている幼馴染みを慰める』という同情のような考えを追い払い、ただただ一人の男として――おそらく惚れてしまったであろう女を求めることに没頭する。

超敏感体質な美少女が相手なら、それはたいして難しいことではない。

小さな突起を舌先で転がすように舐めしゃぶると、それだけで璃乃は顎を仰け反らせた。

「そんなにどっちもナメナメされたら、お、おっぱいで二人を感じすぎちゃうよぉ！」

逆の乳山の頂点には、こちらと同様に栗毛の美貌が覆いかぶさっている。

「この前、散々、わたしのおっぱいをモミモミしたお返しです――んんんっ……璃乃さんのおっぱい――むちゅんんっ……もっと気持ちよくしちゃいます」

美紗緒はじっくりと璃乃のニップルを吸ってから、その乳房を舐め降りはじめた。

セクシーリップを綺麗な釣鐘型のバストに吸いつかせては、点々と赤いキスマークを刻んでいく。それもちゃんと計算してなのか、衣装を着れば隠れる部分ばかりである。

「み、美紗緒ちゃん！　そんなにそこばっかりチューチューしたら――ああン！」

よって下乳にあたる特別肉厚なエリアは、重点的に吸いつかれていた。

対して慎一はコリコリにしこった乳首をずっとしゃぶり続けている。

璃乃の嬌声や感じ方に比例してそれが固くなっていく様と、唇で感じている乳肉の柔ら

しかも真横で同じビューティーバストが、妖艶な美女によってキスマークまみれにされているのだ。

乳首をレロレロと舐め転がしながら、その光景を見ているだけでこの世の天国である。

(わわっ……み、美紗緒さんがこっちまで来た！)

男が吸いついている左の白い肉山まで、元女豹の美貌が舐め上がってきた。

そうして二人は額を密着させて見詰めあい、互いの舌をニップルへと同時に伸ばす。

「あふん！　そんな――んはあぁん！　二人がかりで……ああああんっ！」

男女の舌はまるで陣取り合戦でもしているように、釣鐘型の白い山頂でせめぎあった。

レロレロっ、むちゅぅぅっ――レロレロぬちゅくちゅっ！

真一が舌先を鉤状にして桃色の小旗を引き寄せると、それを美紗緒の舌が横から薙ぎ払うようにして奪っていく。それをさらに男の舌が力ずくで奪い返すと、女はこちらの舌ごと乳首をヌルヌルと舐め回しはじめた。

激しく絡みあう二枚の肉片の中心で、桜色の突起は白く泡立つ唾液まみれになっていく。

「ち、ちくびっらめっ……ちくびだけそんなにレロレロしちゃらめえええっ！」

呂律があやしくなり出した喘ぎ声を聞き、二人は同時に顔を上げた。

視線を合わせると美紗緒が小さく顎を引き、鼻息の荒い慎一もそれにコクッと頷き返す。

女は再びトップアイドルの胸にしゃぶりつき、男は下半身へと移動した。

慎一は金の飾り紐がよく映える青いミニスカートを捲り、中から現れた縞々パンツを一気に脱がす。

「……おっ？」

相変わらず大陰唇はぴっちりと閉じているものの、その前に淡い影のようなものが微かに見える。顔をさらに近づけてジッと見詰めると、璃乃のフロントデルタに産毛が少し濃くなった程度の、薄い陰毛が生えはじめていた。

前回は完全なツルツル状態だったのにセックスを経験したためか、僅かな時間の経過の影響か、彼女は少し『大人』になったようだ。

「ああっ、や、やらっ、らめっ、そ、そんなにソコをジッとみちゃらめぇっ」

本人も自身の発育には気付いているようで、手を伸ばしてチョロ毛を隠そうとする。

しかし、今の璃乃はすでに官能でトロトロ状態。ふにゃっと力のない手付きで股間を隠そうとしても無駄である。

慎一は片手であっさりとそれを退かし、さらに幼馴染みの股間を覗き込んだ。

(こんだけ濡れてりゃ問題ねーな)

感度のよさは相変わらずで、すでに太腿の内側まで滴るほど愛液を分泌している。

慎一はペニスを掴むと、ぴっちりと閉じたままの牝華に先端を合わせた。

そして、入れるぞ、と言いかけて言葉を変える。

「一つになるぞ」

「……う、うん——っくふぁ！」

ずぬぬぬぬっ——。

漲りきった剛直を、たっぷりと蜜液を滴らせている熱い潤みの中心に埋めていく。

今、二人の間にはなんの隔たりもない。剥き身の性器同士を直に生で嵌めあわせている。

その背筋がゾクゾクと震えるような結合感に慎一はグッと奥歯を噛み締めた。

「んはあぁっ！　ああっ、は、はいって——ああんっ！　し、しんいちぃがぁ……」

トップアイドルの太腿はそれだけで、まるで性的な絶頂を極めてでもいるようにビクビクビクっと激しく痙攣し続けた。

そのままゆっくり根元までズズンっとペニスを埋め込むと、まるで雷にでも撃たれたようにスレンダーな女体が大きく反る。

激痛でも走ったのかと、勘違いしそうなほどの凄まじいボディレスポンスだ。

（ってかぶっちゃけ、今ので軽くイッちゃったんじゃねーか？）

男と違い、女の場合はエクスタシーの具体的で明確な現象がない。

超敏感体質な璃乃ならば、今の一刺しで軽く達していても不思議ではなかった。

慎一は根元まで埋め込んだペニスを、その敏感すぎる膣襞たちに馴染ませるように、ゆっくりと腰を動かしはじめた。

「あっ……あああん……あん、あああン！」

こちらの動きに合わせて、生意気アイドルの嬌声がますます甲高くなっていく。

その強弱でより細かな彼女のウイークポイントを探り出し、半開きにしている唇をますます愉悦でわななかせる。

（よーし。だいたいこのへんだな）

とくに璃乃が感じるのは、入り口に入ってすぐの締めつけ部分と、最深部である子宮孔付近だった。試しに浅く挿入した肉傘を膣襞群に押し当てて、腰をグリングリンと∞の字を書くように動かすと——。

「そ、そこっ……そこは、ああン！　すごくっイイっッッ——ああっン！」

璃乃は激しく身悶えた。

慎一はじっくりと腰を使いたっぷりとトップアイドルを喘がせてから、一気にズンと子宮を骨盤ごと揺さぶるようにペニスを突き入れる。

「っあひぃぃいん！」

細い顎の裏が丸見えになるほど、赤髪の幼馴染みは大きくエビ反った。

（た、たまんねえ！）

愉悦に身悶える璃乃の姿そのものが、男としてこの上ない満足感を与えてくれる。

そのため慎一の腰つきがより細やかで、そして力強くなっていく。

ぐじゅン、ヌチュぐちゅ、くじゅン、ぐチュぐちゅッ――ぐズじゅン！

∞の字を様々な大きさで何度も書いては、力強くIを一筆書き。

彼女の弱点を意識して重点的に責めていると、必然的に長いストロークでねちっこく腰を使うことになる。

「ああっん！　らめええっ！　そんらにズンズンもうらめええっえええっ！」

全身のビクつき方も半端ではなく、まるでその一突きごとに絶頂を繰り返しているようだ。白のハイヒールを履いた両足の甲が限界まで反り続けている。

「んちゅん……璃乃さんっ――んちゅ……ンれろんんっちゅン」

しかもその間、上半身は美紗緒が男の腰つきに負けないほどねちっこく責め続けていた。

「ああっ。こ、こんらぁ……アタシだけ気持ちいいのはやらよぉ……みんなれ、しんいちもぉ……みさぉしゃんもぉ……き、きもちよくなってぇ……」

自分が気持ちよくないということなどありえない。しなやかな膣襞に生でペニスを絞られて、ビクつき続けている女体とのセックスは十二分に気持ちいい。

(ま、まーでも、璃乃ほどじゃねーかもな……)

ただ、愛撫だけしている美紗緒は事情が違うだろう。

とその時、ハッとして幼馴染みのセリフの意図を察した。

顔を前に向けると、官能の涙に濡れた生意気アイドルの瞳がこちらを見詰めていた。

　そして栗毛の美女にチラリと視線を向けてから、小さくコクッと顎を引いてくる。

「み、美紗緒さんも一緒に……」

　慎一は璃乃と繋がったまま、彼女の上で上半身を満遍なく愛撫しているお姉さんのスカートを大きく捲った。

「きゃっ⁉　えっ、あの……慎一さん？」

　慌ててスカートを直そうとした元グラビアアイドルに、それまで責められ続けていたトップアイドルが下から両手を絡みつかせる。

　そうして驚いている年上の元後輩をグッと引き寄せ、ハアハアと愉悦の吐息を漏らす桜色の唇が言葉を紡ぐ。

「さ、さんりんれぇひとつになろ？　ねっ、みさおちゃん」

「り、璃乃さん、でも今夜は――んぐっ⁉」

　身体は上下のまま攻守を変えて、今度は璃乃から美紗緒にキス。

　直後、男の目の前で白いパンティに包まれた女の丸みがビクンと敏感に跳ね上がる。

　改めて慎一が下着に手をかけてズリ下ろしても、彼女は抵抗しなかった。

（ス、スゲー）

　そうして現れたのは、引き締まった太腿に支えられた元女豹の双丘。

　むっちりと盛り上がった牝肉の丸みは、ただ四つん這いになっているだけで男を誘っているようだ。それでいて深みのある谷間の中心では、やや赤みの強い皺深い小穴がくぱぁくぱぁと息をひそめるようにして開閉している。

（ほ、本物だぁ……本物のＲＥｏｎＡだぁ）

今さら慎一がそう思ったのは左のお尻の下に、グラビアと同じく黒子が二つ並んでいるのを発見したためである。

そのままじっくり舐めるような視線を下に向けると――。

「うわぁ……もうトロットロになってる……」

すでに満開の牝花からは蜜液が滴り、太腿まで濡らしていた。

しかも以前はビキニラインに沿って処理されていた栗色の茂みが、グラビアアイドルを引退したためか、今では本来の自然な形に戻っている。

無論、初体験時のような段差もない。

「美紗緒さんともヤッちゃいますよ！　バックからしちゃいますからね！」

「そ、そうらよぉ！　みさおちゃんともヤッちゃって！　三人れひとつになるろぉぉ！」

璃乃の叫びにも後押しされ、慎一はズルンとペニスを抜くと、すぐにその上に重ねられた満開状態の牝華を貫いた。

「あぁっ、そんないきなり――ンっ、くふあぁぁあぁぁっ！」

栗毛のウェーブヘアが宙に舞うほど、四つん這いの元女豹が大きく仰け反る。

（くわぁ……。美紗緒さんってば相変わらず、奥までヌルヌルのトロトロだぁ）

膣襞たちの貪婪なまでのしなやかさも変わりはない。

突き入れた直後から、無数の膣襞たちが中の肉棒を舐めるように絡みついてくる。

たまらず男はすぐに獣の動きを開始した。

「し、慎一さんが――っふぁぁっ！　う、後ろからっ、ああっ！　っくふぁっ！」

四つん這いの元女豹のヒップは、その桁外れた巨乳と違い大きさ自体は人並サイズ。

それでいて男の欲情を誘わずにはいられない、肉感的な独特の厚みを帯びている。

だからこそ――パンパンパンパンパンパンパン！

若々しく引き締まった臀部の筋肉群に、何度も牝脂を重ね塗りして仕上げたような、その特上の丸みを己の下腹で思いっきり弾ませた。

ヴァギナを貫いた直後から、フルスロットルで腰を突きまくる。

「美紗緒さんのお尻、タプタプのブルンブルンでめっちゃエロいですぅっ！」

男の視線は桃色に色づいたヒップの揺れと、ヴァギナを貫いて以降お尻の中心でキュゥッッと窄まりっぱなしのアナルに釘付けだ。

「そんなに激しくお尻をパンパン鳴らされると、っふぁっ！　は、はずかしいですぅ！」

「璃乃！　お前も休んでる暇はねえぞ、今すぐお前の中に戻るからな――おりゃぁ！」

「んあっ！　ズンってキタあぁぁっ！　しんいちがおくまでズンズンきたよおおぉっ！」

元『女豹のＲＥｏｎＡ』とバックでがむしゃらに交尾し、元『清純派アイドル・小春風りの』と激しくもねちっこい正常位セックスを楽しむ。

璃乃を散々よがり泣かせてから、美紗緒の尻を思うさま下腹でパンパンと弾ませる。

慎一のペニスはズルンと蜜華から抜き出されると、滴る愛液が糸を引いて落ちる前に、次の蜜華へと根元まで一気に埋め込まれる。

それを交互に何度も繰り返し、二大アイドルの嬌声を大ホールに響かせ続けた。

（お、俺なんかがこの二人を相手に３Ｐ……こ、こんなシチュ信じられねえよ！）

下にはステージ衣装を着たままの国民的人気アイドル。

上には大ヒット写真集のモデルであるセクシーグラビアアイドル。

そんな二人を舞台のど真ん中で交互に貫く３Ｐセックスに、腰の動きが止まらない。

己の下腹に打たれ小気味よい音を鳴らして揺れる肉感的な牝尻の横では、幼馴染みの美脚が形のよい脹脛をびくつかせて、二本とも淫らに宙を掻いていた。

何度も激しく足の甲を反り返すため、とうとう左脚のハイヒールが脱げてしまう。

トップアイドルの足先では、綺麗に並んだ五枚の爪が限界まで丸め込まれていた。が。

「はくっ！　ッッ〜〜っっ——はくうぅぅっ！」

自分の男根を勢いよく最深部まで突き入れると、一気にブバァと開く。

五本の指がでたらめな角度で折れ曲がり、一本一本が個別にビクビクと激しく震え出す。

「ああっ、璃乃さんがイキ続けてるのがビクビクって伝わってきますぅ――んはあっ！」

再び女豹の尻を抱くと、まるでミディアムレアに焼き立ての最高級霜降りステーキのように、トロットロに蕩けた牝肉がペニスにねっちりと絡みついてくる。

たとえＲＥｏｎＡを引退しても、肉食ボディは相変わらずだ。

(美紗緒さんの身体って、マジでチョーエロすぎる！)

それは見た目や女体の感触だけではない。

肉感的な牝尻がクイックイッと本能的に蠢いて、突き込むペニスに己の感じるポイントを積極的に合わせてくるのだ。

それはまさに発情した牝獣の動きそのもの。しかも――。

「いいっ！　いいぃっ！　あはオおぉおおぉおぉぉ！　ンはあおぉおおぉおぉおぉ！」

四つん這いの姿勢で栗毛のウェーブヘアを振り乱し、子宮から絞り出すような喘ぎ声を迸らせはじめた。

(たまんねえよ！　どっちとハメてもたまんねええぇっ！)

絶頂のしすぎで一刺しごとにキュンキュンと引き絞ってくる敏感マ〇コと、腹を空かせた牝豹のごとく中のペニスを激しく舐めしゃぶってくる肉食ヴァギナ。

数度ズンズンと腰を突いては、アイドルからアイドルへとペニスを挿し替えていく。

しかも相手は、そんじょそこらのアイドルではない。

清純派アイドルとグラビアアイドルとして、どちらも一時トップを取った二人である。

そんな二人を上下に並べての、贅沢極まりない3Pセックスに男の興奮も最高潮だ。

「あぁっ！　璃乃っりのぉぉおっ！　美紗緒さんっ！　みさおさあぁぁあぁぁあぁん！」

すると、あまりの興奮に的を外した肉先が、ズルンと二人の股間の間に嵌まり込んだ。

『はくうぅうんっ！』

直後、三人同時に新たな愉悦の声を上げる。

「あぁっ、そ、そこ、ビンビンくるっ！　ビンビンっきちゃいますうぅぅうぅうぅっ！」

中でも一番反応が激しかったのは四つん這いの栗毛美女。

上反る肉棒にクリトリスを直接ゴリゴリと擦られて、あられもなく喘ぎながら、突かれる尻をアナルごと激しくビクつかせている。

「くわあぁっ！　み、美紗緒さんまでそんなにビクビクされると俺えぇぇっ！」

特上の女体にギュッと上下を挟まれて、慎一はたまらず絶叫し腰の動きを加速させた。

「ああんっ！　そんなにスピードアップされると、アタシもゴリゴリすごくかんじちゃうよおぉおっ！　いっしょにィィっ！　みさおちゃんといっしょにィィィィっ！」

対して下の璃乃は、親友の名を叫びながら彼女に強くしがみつく。

二人は激しく喘ぎながら見詰めあうと、どちらからともなくお互いの髪を掻き乱すようにして頭を抱きあい、再び貪るようなディープキスをしはじめた。

グチュグチュと下品なほど粘っこい口腔粘膜を絡ませあう音が聞こえてくると、上下の女体に小刻みな肉悦の痙攣が走り出す。そのため二人の股間に挟まれたペニスの芯まで、愉悦のバイブレーションがビンビンと強烈に響いてくる。

「もうイクっ！　もういきそう！」

たまらず慎一は仰け反った。

腰の奥でもう引き返せない官能の昂ぶりが発生している。

しかし今夜だけは、どこでフィニッシュするか迷いはない。

「璃乃！　お前の中でイクからな！　思いっきりお前の中でイッちゃうからなぁぁ！」

「あぁん！　いいよ！　こんやはアタシのなかでぇぇおもいっきりぶちまけて！　アタシをしんいちでいっぱいにしてえぇぇぇぇぇぇ！」

同意を叫ぶ幼馴染みの絶叫を聞き、男の腰の動きも激しく小刻みになっていく。

その射精直前の痙攣するような突入で股間を擦られて、最も先に限界に達したのは――。

「あああっ、イッ、イッちゃいますっ！　わたしっ、イッちゃいますううっ！」

美紗緒だった。

なにしろ慎一のペニスは爆発直前で、硬さも熱さもマックス状態。

それで特別敏感なクリトリスを、肉傘から竿肌にかけての凹凸でズリズリズリズリと激しく擦られ続けているのだ。

肉感的な女豹のヒップがぶるりと震え、中心の小穴がきゅぅうっと窄まったその直後、
ぶしゃあぁぁぁぁああぁぁぁ！

潮吹き癖のついてしまったグラマーボディが絶頂を極め、その飛沫が股間に挟まる爆発寸前のペニスにゼロ距離から直撃した。

「あッッ!? んはあぁぁっ！　イクっ！　イクぞっ！　ッッッ――」

そのダイレクトすぎる熱さに慎一は奥歯を噛み、ズルリと二人の間から男根を抜く。

美紗緒の絶頂液にまみれたホカホカの肉棒を、その真下にあるトップアイドルの蜜壺に凄まじいスピードで一気にブチ込んだ。

「ンはあぁぁッッ！　しんいちのがおくまでズンってきたよおぉぉおぉぉおぉおっっ！」

そのまま遮二無二腰を躍らせて、ものの数秒で全身を息ませる。

「璃乃っ！　りのおぉぉおおぉぉぉっ！」

爆発寸前の肉先を幼馴染みの子宮孔にぐぶりと埋め込み、なんの隔たりもない牡牝の性器が直結したその直後――。

どぎゅドリュどぷドピュどぷどりゅドプどぷどぷンっ！

アイドル二人相手のセックスで限界まで練り上げられたザーメンが、凄まじい量と勢いで、とめどなく幼馴染みの中に迸っていく。

それは子宮を責められるのが特に弱い超敏感体質な璃乃にとって、連続絶頂のスタート

を意味していた。

「あぁあぁぁあぁぁあぁあぁぁあぁあぁあぁぁあぁぁあぁぁぁあぁぁぁ！」

広いコンサートホールが、トップアイドルのエクスタシーの絶叫で満たされた。

そして、まるで彼女が慎一の身体の一部にでもなったように、男根の脈動に合わせてビクビクビクと全身を震わせ続けたその果てに——。

ぶしゃあぁあぁあぁぁぁぁあぁぁぁっ！

璃乃までも潮を噴き出した。

密着していた男女三人の股間を熱く鋭い激流が満たし、三人の絶頂感をさらに深める。

「あっ……あぁっ…………ふにゃぁ～」

最初にエクスタシーの息みから解放されたのは最年長のお姉さんだった。限界まで反り返らせていた顎をブルルッと震わせて、ドサッと璃乃の上に倒れ込む。

「くっ……くはぁぁ……」

それを合図にしたように、慎一も無意識に止めていた呼吸を再開し、ぺたっ、と舞台に尻もちをついた。

そのまま三人で身体を寄せあい、長い時間まったりと絶頂の余韻に浸っていると——。

チャラ～♪　チャララ～～ラララ～♪

美紗緒のハンドバッグの中から、ケータイの着信音が聞こえてきた。

栗毛のお姉さんは気だるそうに身を起こしてそれを手にする。

「……知らない番号からです」

サイドディスプレイを見た美紗緒が、小首を傾げながら通話ボタンを押した。

以前似たようなことがあったな、と慎一が思っていると、意識を回復させた璃乃が身を起こして何事かと隣に寄り添ってきた。

「はい、はい――えっ!?　はい、わ、私が……はい、はい！」

少し怪訝そうだった美紗緒の両目が大きく見開かれ「はい！　はい！」と喜びに満ちた相槌が続く。

ますます見覚えのある光景だと慎一が思っていたら、美紗緒の表情が僅かに曇った。

「あ、あの……でも私……もうタレント業の方は引退していまして――は、はい。はい、はい……わ、わかりました。それでは」

美紗緒は今にも泣き出しそうな顔をして通話を切った。

「あ、あの……この前送った原稿が……さ、採用されました」

慎一と璃乃は顔を見あわせる。

この上なく喜ばしいはずの報告だ。が今にも泣き出しそうな表情を見せられては、手放しで喜べない。

また、グラビアアイドル『ＲＥｏｎＡ』の知名度を利用した提案でもされたのだろうか。

前回、彼女が深く傷ついたことを知っているだけに、男の表情が自然と曇る。

「で？　で？」

それでも隣の璃乃は、興奮気味に話の続きを促した。

「は、はい……それで、あの……もう私がタレント業を引退してますって言ったら……あ、あの……電話をくれた編集の方に……こ、こう言われました……」

少し震え気味の声でそれだけ言うと彼女は突然、両目にぶわっと涙を溢れさせた。

「か、勘違いしてもらっては……こ、困ります。タレント業はタレント業。いくらアナタが有名なタレントでも……わ、わが社は……一作家としてしか扱いません、って。原稿の手直しも、他の作家さんと同じようにしてもらいます、って」

「えっ……ってことは……」

作家『綾文美紗緒』の原稿が、出版社にグラビアアイドル『ＲＥｏｎＡ』とは関係なく、評価されたということだ。

そして彼女は涙混じりで絞り出すように呟いた。

「……嬉しい」

そのまま顔を両手で隠すようにして号泣しはじめる。

「やったね！　やったね、美紗緒ちゃん！」

対して璃乃は笑顔を爆発させ、嬉し泣きする美紗緒に抱きついた。

　そして慎一は――「ううっ……よがっだぁ……よが、よがぅ、うぐぅぅぅっ……」

　本人に負けないほど盛大に貰い泣き。

「よーし！　美紗緒ちゃんも夢を叶えたんだから、アタシもライブ頑張るわ！」

　このホールで再会した時は、ただ一人不安に押し潰されそうにしていた美少女が、泣きむせぶ二人の背中をバンバンと元気よく叩いてくる。

「二人ともちゃんと見ててよね！　明日は獅子堂璃乃の天下取りの第一歩なんだから！」

　そう吼えるトップアイドルの瞳には、いつもの怖いもの知らずな光が戻っていた。

※

　翌日。

　慎一は美紗緒の隣で『獅子堂璃乃』の初ライブに一ファンとして参加していた。

　ちなみに席位置は舞台の正面で、列は客席のほぼ中間地点。

　少しステージまで距離はあるが、その分、観客との一体感が味わえそうないい席だ。

「そろそろ時間ですね」

　隣の美紗緒が囁くと、まるでそれを合図にしたようにライブの開始を伝えるブザー音が鳴り、ホールの照明がゆっくりと消えはじめた。

　と真っ暗になったステージから、ド派手な花火が噴水のように上がりはじめ――。

　その中を突っ切るように、燃えるような『赤髪』をなびかせて『獅子堂璃乃』が現れた。

左の胸に大きな青いバラをあしらい、大胆にヘソを出したスタイリッシュなステージ衣装姿。それは完全に清純派アイドル『小春風りの』とは別人だ。

『おおぉおおぉおぉおぉ！』『璃乃ちゃ～～ん！』『りの、りのぉおぉおぉ！』

大歓声が上がった。

その大半は好意的なものだったが――しかし中には明らかなブーイングも混じっている。

慎一たちの席に近い客の一人も、なにやら印刷物を振り回しながら叫んでいた。

「こんな紙切れ一枚で、俺たちはお前の裏切りを許さないぞぉ！」

どうやらそれは、璃乃が今回の芸名変更（つまり毒舌アイドルへのキャラ変更）をファンに報告した手紙のようだ。

他にもところどころで清純派アイドルからの、あまりに急激な路線変更を面白く思っていないファンたちが、批判的な声を上げ続けている。

確かに『小春風りの』の熱狂的なファンたちにとっては、許しがたいことだろう。

「……アイツ。大丈夫……かな？」

昨夜、あのステージ上でポツンと一人、体育座りをしていた幼馴染みの姿が脳裏をよぎり無性に心配になってくる。

「璃乃さんなら大丈夫です」

きっぱりと断言する美紗緒の言葉に「だ、だよね」と慎一はガクガク頷いた。

しかしステージ上の新生アイドルは表情にこそ出していないが、その毅然としすぎている態度が、逆に内心の動揺を物語っているようにも見えた。

と、そんな時である――。

『出ていけー』『そうだ、出ていけぇ！』『ここから出ていけぇぇぇぇ！』

ホールを埋め尽くすファンたちが、口々に「出ていけ」コールを上げはじめる。

「そ、そんな……」

慎一はあまりのショックに愕然とした。好意的な歓声が大半を占めていたはずなのに、一瞬で会場の空気が変わってしまったようだ。

「違いますよ、慎一さん」

しかし隣の美紗緒に二の腕を引かれ、彼女に促されるまま周りを見回す。

「あ、ああ……」

璃乃が出てきた直後に批判的なブーイングを上げた観客に対し、その周りのファンたちが『出ていけ』コールをしていたのだ。

他も全てその構図である。決して『獅子堂璃乃』に対してのものではない。

「ふん！　俺は『小春凪りの』ちゃんのファンだったんだ！　あんなクソ生意気な女のコンサートなんてこっちから出てってやるよ！」

と暴動寸前の勢いでブーイングしていた元ファンたちが、言われるまでもないという態度と口ぶりで、出入り口へと自ら去っていく。

その際、慎一の近くにいた批判客は、振り回していた例の手紙を床に叩きつけるようにして放り捨てていった。

それが足元に来たために、慎一は無意識に手にとり目を通す。

内容は、芸名変更の報告と、今後の活動方針の簡潔な説明のコピーだった。

しかしなにより目を引くのは、その下である。

獅子堂璃乃、と毛筆で名前が書かれており、その隣に新サインがマジックで流れるように書かれていた。

インクの滲み方や掠れ方を見る限り、どちらも明らかに手書きである。

「マ、マジかよ……」

毛筆の方は筆ペンだろうが、それでも手間は膨大だ。

慎一が周りを見渡しながら唖然としていると、隣の美紗緒がハンドバッグから同じ手紙を取り出した。

復帰ライブのチケットが送られてきた際に同封されていたとのことで、やはり名前もサインもどちらも手書き。そして同じ筆跡だ。

「……この名前とサイン全部……アイツが一人で書いたのか？」

これだけのファン全員に、直筆の名前とサイン入りの手紙を送るとなると、一体どれだけの労力と時間がかかったことだろうか……。

『璃乃ちゃーん！』『璃乃！　璃乃！』『りのりのおおおぉぉぉ！』

コンサート会場から過剰なまでに批判的だったファンたちが出ていくと、自然発生的に再び『璃乃』コールが沸き上がりはじめる。

しかも全員が同じ直筆サイン入りの手紙を手にし、璃乃に向かって突き上げていた。

ステージ上のアイドルは、一瞬目元を拭うような仕草をしたがすぐにマイクを構えると、

『獅子堂璃乃の初ライブ！　みんな楽しんでいってね！』

凄まじい一体感の中、コンサートをスタートさせる。

『そんじゃあ、さっそく新曲いっちゃうよ！　Ｉ　ａｍ ブルーローズ！』

璃乃の曲コールと共に、アグレッシブなエレキギターのサウンドがスタートする。

観客たちは初めて聞く曲だというのに、リズムに合わせてノリノリで手を振っていた。

――Ｉ　ａｍ ブルーローズ。

コンサートがはじまる前、この新曲を作った美紗緒にチラッと教えてもらっていた。

璃乃の名前の『璃』という文字が『青い』宝石を意味し、そして『青い』バラというのは自然にには存在せず、その花言葉は『不可能・ありえない』だそうだ。

（つまり『アタシはありえない』か。さすが美紗緒さん。アイツにピッタリのタイトルだ）

慎一は青いバラを左胸に咲かせたコスチューム姿で、バックミュージックに合わせて激

しいダンスを踊る幼馴染みに向かい、

「璃乃ぉぉぉぉぉ！　りのぉおおぉぉぉ！」

一ファンとして力一杯、声援を送っていた。

ちなみに慎一も、ずっと自分の家で作られていた曲だというのに『Ｉ　ａｍ　ブルーローズ』を正式に聞くのはこれが初めてだ。

新生アイドルはまるでその歓声に応えるように、キレよく踊りながらセンターマイクをワシ掴みにし、客席に向かって獅子が吼えるように歌い出した――。

自分の花を咲かせたい
この世で暮らす人たちを　私の花で笑顔にしたい
でもみなが言う　君の花では愛されないと
そもそもこの世に　青いバラは咲かないのだと

棘があってはダメだと抜かれ
その花色では好まれないと　別の色に染めもした
いつしかアタシ　清楚で可憐なナデシコの花
ならアタシ　なぜ青いバラとして生まれてきたの？

Ｉ am ブルーローズ　これがアタシの本当の姿
アタシは鋭い棘を持つ　この世に咲けない青いバラ
Ｉ am ブルーローズ　それでもアタシは咲かせてみせる
踏みにじられても根を伸ばし　葉に燦々《さんさん》と光を浴びて
Ｉ am ブルーローズ　だってアタシは青いバラ
たった一度の花の命　咲き乱れてみせてやる

慎一は周りの観客たちと一緒になって大歓声を上げていた。

（夢、叶ったな……）

ありのままの自分キャラでタレント活動をしたいと言っていた赤髪の幼馴染み。

これだけ多くのファンに、それが受け入れられたのだ。

もう一人ぼっちになるかもしれないと、不安に脅えることもないだろう。

（よかったな……璃乃）

新曲を歌いきった新生アイドルは、大歓声と拍手が一段落するのを待ち、改めてファンに向きあった。

『ちょっと皆に紹介したい人がいるの——美紗緒ちゃん！　ココに来て！』

慎一が驚いて隣を見たら、美紗緒もポカンとしていた。

どうやら打ちあわせをしていない、璃乃の完全なアドリブのようだ。

ステージ上で『美紗緒ちゃーん』と手招きするアイドルに合わせて、ファンたちも『ミサオちゃん』コールをはじめてしまう。

こうなるともう引っ込みがつかない。

美紗緒は慎一にぺこりと頭を下げてから、璃乃の待つステージへと向かっていった。

『おおおおおおぉぉぉぉぉぉ』

栗毛のお姉さんがおっかなびっくりステージに上がると、予想外な美女の出現に会場から地響きのようなどよめきが上がった。

(しかし……こんだけ離れてても、おっぱいが半端なくデカいのがわかるな……)

むしろ距離があるだけに、そのアンバランスすぎるシルエットが強調されて見えた。

すると会場最前列付近の客たちが、

「あれ？　どっかで見たような……」「ん？　ひょっとしてREonAじゃね？」

と彼女の正体に気付きはじめた。

あんなプロポーションの持ち主が、そう何人もいるわけがなく、

「そうだよ、REonAだよ！」「REonAだ！」「REonA！　REonA！」

瞬く間に本人だと特定され、今度は『REonA』コールが巻き起こる。

これに美紗緒は顔を真っ赤にして俯いてしまい、両手を腰の前でモジモジもじもじ。

対して璃乃は満面の笑みで、そんな元後輩アイドルの肩を抱く。

『この子の名前は綾文美紗緒ちゃん！

みんな気付いちゃったみたいだけど、ちょっと前まで同じ事務所のタレントだったの！

まーそっちは引退しちゃったけど、実は今度、小説家としてデビューするの！

しかもね！　今の新曲は曲も歌詞も、この美紗緒ちゃんが全部書いてくれたんだよ！』

会場全体から『おぉぉぉぉぉぉ！』と再び驚きのどよめきが起こり、その直後に盛大な拍手が起こった。

対して美紗緒は『あ、ああ、あり、ありがとう、ごご、ございます！』と差し出されたマイクに向かい、噛み噛みで礼を言いながら頭を下げた。

璃乃は美紗緒の肩を抱いたまま、観客に向かい語りはじめる。

『昨日の夜ね、二人で夢を語ったの。

でね。今のアタシたち二人の夢は、美紗緒ちゃんの書いた小説が映画化されて、それをアタシが主演することなの！

美紗緒ちゃんはベストセラー作家になるわよ！

そんでアタシはアカデミー主演女優賞よおおぉぉぉぉ！

二人で天下とってやるわよおおぉおおぉぉ！』

ハイテンションな新生アイドルの突拍子もない宣言に、会場がこの日一番のどよめきを上げ、その直後に大歓声が沸き上がる。

「スゲー！」「ってかいくらなんでも無理だろ！」「いや、璃乃ちゃんならイケちゃうかもよ！」「でもアノＲＥｏｎＡが、ちゃんとした小説書けんの？」「あのおっぱいだもんなー」「でも今の曲、獅子堂璃乃的でけっこーよかったじゃん」「かなりイケてた」「なんにしろ、あのおっぱいだもんな！」「その映画、観てみてぇー！」

会場中から様々な声が上がり、それがステージ上の二人に集中していく。

「……ってか、美紗緒さんイコールおっぱいって考えを改めろ、お前ら……」

慎一は苦笑し、そして改めてスポットライトに照らし出されている二人を遠く眺めた。

璃乃と美紗緒――確かに彼女たちは夢を叶えた。

ありのままの自分キャラなアイドルとなり、プロの小説家にもなれそうだ。

しかし彼女たち二人にとって、それはまだゴールじゃない。

むしろ本当に成すべき夢に向かうための、スタートラインに立っただけなのだ。

（二人は一体……どんだけ遠くまでいくんだろーな……）

慎一は無数のファンたちの中に一人埋もれながら、ステージ上で輝く二人を眩しく見上げ続けていた。

# 終章　扉を開けば、再び……？

慎一がコンビニ弁当での晩飯を終え、爪楊枝で口の中をシーシーしていた時である。

ピンポーン、と家の呼び鈴が鳴った。

「……誰だ、こんな時間に」

男は満腹になった腹を軽くさすりながら玄関に向かい「どちらさん？」と扉を開ける。

「………………ふへっ？」

直後、食後の満腹感で眠そうにトロンとしていた半眼が丸く大きく見開かれた。咥えていた爪楊枝も、口をぱかっと開いたために足元に落っこちる。

目の前に女が二人――国民的アイドルとなった璃乃と、先日発売されたばかりのデビュー作ですでにベストセラー作家の仲間入りを果たした美紗緒の二人が立っていたからだ。

「……ど、どどどうして……二人がいきなりウチなんかに？」

今の二人は以前にも増して多忙を極めているはずだ。

男の呟きに、美紗緒が恥ずかしそうな上目遣いで口を開いた。

「……あ、あの……地方だと編集さんとの打ちあわせとか……なにかと不便で……こちらに出てくることにしました……。あ、あの、それで……」

栗毛の美女が激しくモジつきながら、ペコリと深く頭を下げてくる。

「突然で大変あつかましいお願いなんですが……あ、あの……落ち着き先が決まるまで……また慎一さんのところにご厄介させてください。お願いいたします」

「も、もももちろんいいですよ！」

また美紗緒の手料理が食べられる。そう思っただけで即了承していた。

「……で、お前はなんの用なんだ？」

慎一は続けて、相変わらず偉そうに仁王立ちしている隣のアイドルに視線を向ける。

「アンタにいい就職先を紹介してあげようと思ってね。いつまでもフリーターのまんまってわけにもいかないでしょ」

「……へっ？」

思ってもみなかった提案にポカンとしていたら、彼女がこちらをビシっと指さして、

「慎一！　アンタはアタシのマネージャーになんなさい！」

とことん唐突な奴である。

「ちっと待て……。んなもんお前が勝手に決めらんないだろ。てか今の事務所のマネージャーさんはどーすんだよ」

「んなもん胃を悪くしたとかなんとかで、つい最近辞めちゃったわよ。――ったく。どいつもこいつも鬱だかノイローゼだかなんとかで、名前を覚える前に辞めるか異動するかし

ちゃってさー。ウチの事務所、人材不足で困ってんのよ」

そりゃー『毒舌アイドル・獅子堂璃乃』のマネージャーなどという、リアル罰ゲームのような仕事が務まるヤツはそうそうおるまい。コイツのお守りをするとなれば、そりゃー胃も痛くなるだろーし、心が病みもするだろう。

「お断りします」

自分に惚れぼれするほどきっぱりと即答した。が、しかし――。

「明日の朝一で、ウチの社長が面接するから遅れるんじゃないわよ」

「人の話を聞け！　俺は嫌だっていってんの！」

「グダグダうっさいわね！　アンタが嫌とかそんなちっちゃなことどーでもいいのよ！」

「全然ちっちゃくねーだろ！　むしろソコが一番デカイだろ！」

といつもの調子で幼馴染みの二人が、むー、と睨みあいをはじめた時である。

「あの……私からもお願いします。どうか璃乃さんの力になってください。そのためのフォローは私もします。璃乃さんのマネージャーは、今の慎一さんのように対等にモノが言える人じゃなければ務まりません」

美紗緒が先ほどと同じように深々と頭を下げてきた姿を見てハッとした。

彼女がいきなり地元から出てきてウチに居候させてくれ、と言い出した本意は実はコレなのではなかろうか？

無論、作家の仕事をしていく上で、都心の方がなにかと便利だということもあるだろう。が彼女の性格を考えれば、ちゃんと引っ越し先を決めてから出てくるはずだ。それこそ慎一をマネージャーに、という案自体が美紗緒の考えなのかもしれない。

「チッ。……しゃーねーな」

慎一が渋々頷くと、璃乃は口には出さないが心底ホッとしたような表情を浮かべた。最初っからそーいう顔をして頼んでくれれば、俺だって反発せずに受けたかもなんだぞ——と慎一が思った時には、トップアイドルはすでにいつもの強気フェイスに戻っている。

「よーーし！　ってことで三人で一緒に天下とるわよおおぉぉぉおおぉぉ！」

璃乃お馴染みの天下取り宣言に、慎一と美紗緒は顔を見あわせて苦笑した。

（また、あんな毎日がやってくるのかな……）

以前、二人が突然おしかけてきた時は、彼女たちの生活費を稼ぐためにバイトを増やして身体は正直キツかった。がそれを嫌だと感じない日々の充実感があったのも事実だ。獅子堂璃乃のマネージャーともなれば、その比はどちらもさらに跳ね上がるだろう。

「……まー、それも悪くねーか」

璃乃と美紗緒。

先日のコンサートであんなに遠く、眩しく見えたこの二人とまた一緒にいられる喜びに、慎一は自然と笑みをこぼしていた。

# 二次元ドリーム文庫 新刊情報
2D POCKET NOVELS NEW RELEASE

二次元ドリーム文庫 第161弾

## 巫女あまシスター！

どういうわけか霊に憑かれやすい体質の涼平は、蔵で怪しげな壺を割ってしまい、中に封じられていたエロ好き幽霊に憑依されてしまう。煩悩を抑えられない肉体になってしまった彼を助けようと、同級生巫女の栞、下級生のロリっ娘尼みのり、そして上級生のおっとりむっちりシスターディアナが、身体を張った甘々除霊を決行する！

7月上旬 発売予定！

小説●あらおし悠　挿絵●神代竜

二次元ドリーム文庫 第162弾

## お姫さまといっしょ
### どきどき同棲ライフ

気楽なオタクライフを満喫していた少年・克巳のもとに、双子のお姫さまがおしかけてきた!?　幼い頃にした約束を果たすため、克巳を訪ねて日本にやってきたのだ。ツンデレな姉・ヴァネッサと、引っ込み思案ながらも一途な妹・シェリル。それぞれ別の形で好意を寄せてくる姉妹の間で板挟みになる克巳。少し変わったお姫さまたちとの、少し変わった共同生活が幕を上げる――！

7月上旬 発売予定！

小説●山本沙姫　挿絵●ga015

# 作家&イラストレーター募集!

## 編集部では作家、イラストレーターを募集しております

プロ、アマ問いません。作家応募の方は原稿をFD、もしくはCDなどで送ってください。また、原稿をプリントアウトしたものと簡単なあらすじも送っていただくと助かります。イラストレーター応募の際には原稿のご返却はできませんので、コピーしたもの、もしくはMO、CDなどのメディアで送ってください。小説、イラストともにE-mailで送っていただいても結構です。なお、電話でのお問い合わせはご遠慮ください。採用の場合はこちらから連絡させていただきます。

---

E-mail：2d@microgroup.co.jp
〒104-0041 東京都中央区新富1-3-7ヨドコウビル
㈱キルタイムコミュニケーション
二次元ドリーム小説、イラスト投稿係

二次元ドリーム文庫
マスコットキャラクター
ふみこちゃん
イラスト：笹弘

**おしかけダブルアイドル**
2010年6月21日　初版発行

著　者　　筆祭競介
発行人　　岡田英健
編　集　　韓　承旗
装　丁　　マイクロハウス　クリエイティブ事業部
印刷所　　株式会社廣済堂
発　行　　株式会社キルタイムコミュニケーション
〒104-0041　東京都中央区新富1-3-7ヨドコウビル
編集部　TEL03-3551-6147／FAX03-3551-6146
販売部　TEL03-3555-3431／FAX03-3551-1208

**禁無断転載 ISBN978-4-86032-932-7 C0193**